Die Verwandlung · Ein Hungerkünstler

변신 · 단식광대

Die Verwandlung · Ein Hungerkünstler

프란츠 카프카

변신 · 단식광대

김형국 옮김

IB 인터북스

옮긴이의 말

　프란츠 카프카(Franz Kafka, 1883-1924)는 세계적인 작가이며, 우리나라에도 소개된 지 오래이다. 그의 작품에 대한 번역은 단행본은 물론 전집까지 출간되고 있을 만큼 많이 되어 있다.

　여기에서 소개하는 작품 『변신』과 『단식광대』의 우리말 번역도 예외는 아니어서 번역본이 이미 여럿 있다. 그럼에도 새삼스럽게 이 두 작품을 번역하려는 것에는 그럴만한 까닭이 있다. 아주 오래 전 역자가 이 작품들과 처음 만난 순간 그 충격과 감동이 매우 컸다. 그 때부터 언젠가는 우리말로 옮겨보려는 생각을 갖고 있었는데, 이제 이를 실행하려는 것이다.

　또 하나는 기존의 번역본 모두가 각고의 노력과 심혈을 기울인 결과물이겠으나, 적확함, 명료함, 평이함에 있어 다소간 아쉬움이 없지 않았기 때문이다. 그렇다고 역자의 번역이 그런 것을 모두 만족시키고 있다는 것은 결코 아니다. 다만 앞서 언급했듯이, 기존의 번역이 갖는 이런저런 아쉬움을 조금이나마 메꾸어 보려 했을 뿐이다. 보다 나은 번역을 위해 읽는 분들의 많은 조언과 질정이 있기를 기대한다.

2016년 12월 12일
김형국

차 례

변신

I

 그레고르 잠자는 어느 날 아침 불안한 잠에서 깨어났을 때, 그의 침대에 자신이 거대한 해충으로 변해 있음을 알게 되었다. 그는 갑옷처럼 딱딱한 등을 대고 누워 있었으며, 머리를 약간 들자 갈색의 불룩한, 많은 — 활처럼 휘어 있고 단단한 —부분들로 나누어진 배가 보였는데, 배의 위쪽에는 곧 흘러내릴 것 같은 침대 시트가 간신히 그대로 걸쳐 있었다. 몸의 다른 부위에 비하면 초라할 정도로 가녀린 많은 다리들이 그의 눈앞에서 어쩔 줄 모르고 떨며 번들거리고 있었다.

 '내게 무슨 일이 일어난 거지?'라고 그는 생각했다. 꿈은 아니었다. 그의 방, 정상적이지만 약간 작은 방이 익숙한 네 개의 벽 사이에 조용하게 있었다. 풀어 놓은 옷감 견본집이 펼쳐져 있는 탁자 위에는 — 잠자는 출장중개인이었다 — 얼마 전 패션 잡지에서 오려 멋진 금박 액자에 넣은 사진이 걸려 있었다. 그 사진에는 모피 모자와 모피 목도리를 한 숙녀가 곧은 자세로 앉아서, 아래팔을 완전히 감싼 무거운 모피 토시를 바라보는 사람을 향해 쳐들고 있었다.

이제 그레고르의 시선은 창으로 향했다. 흐린 날씨는 — 빗방울이 창문의 함석판을 때리는 소리가 들렸다 — 그를 매우 우울하게 만들었다. '잠을 조금 더 자 어처구니없는 이 일을 잊을 수 있다면 어떨까' 하고 생각했으나, 그것은 전혀 실행될 수 없는 일이었다. 그는 오른쪽으로 누워 자는 것에 익숙해 있으나, 지금 상태로는 자기 몸을 그 위치로 가져갈 수 없기 때문이었다. 그가 몸을 오른쪽으로 돌리려고 아무리 애를 써보아도 언제나 번번이 바닥에 등을 대고 누워 있는 자세로 되돌아왔다. 그는 대략 백 번쯤 다시 그렇게 했으며, 번들거리는 다리들을 보지 않으려고 눈을 감았다. 그는 옆구리에서 그 때까지 느끼지 못했던 가볍고도 분명치 않은 통증을 느끼기 시작했을 때에야 비로소 그 일을 그만두었다.

'아, 얼마나 힘든 직업을 택했는가! 매일 출장여행을 해야 하니 말이다. 영업에서 오는 긴장은 사무실 일에서의 그것보다 훨씬 격심하다. 게다가 여행이라는 괴로운 일이 부여되어 있다. 기차 연결에 대한 걱정, 불규칙적이고 부실한 식사, 그리고 늘 바뀌며, 결코 지속적이지도 못하고 진심에서 이뤄지는 것도 아닌 인간 교류가 그것이다. 이 모든 게 너무 지긋지긋하다!'라고 그는 생각했다. 그는 배 위에서 가벼운 가려움을 느꼈다. 그래서 머리를 더 잘 들어 올리려고 누운 채로 몸을 밀어서 서서히 침대 기둥으로 더 가까이 다가갔다. 무엇인지는 알 수 없는 작은 흰 점들만이 있는 가려운 곳을 찾아내고는 다리 하나로 그곳을 만져 보려고 했으나, 곧바로 다리를 제자리로 당겼다. 건드리자 오한이 느껴졌기 때문이다.

그는 다시 이전의 위치로 되돌아갔다. '이렇게 일찍 일어나니 사람이 멍해지는 거야. 사람은 잠을 충분히 자야 해. 다른 출장중개인들은 하렘의 여자들처럼 살고 있어. 예를 들어, 내가 받아낸 주문을 위임하기 위해 오전 중에 여관으로 돌아가면 그들은 그 때서야 아침식사를 하고 있어. 나도 그들처럼 하겠다고 사장에게 말해봐야겠어. 하지만 그러면 당장 쫓겨나게 될지도 몰라. 그렇지만 그것이 내게는 아주 좋은 일이 될지 누가 알아. 부모님 때문에 망설이는 것이 아니라면, 오래 전에 사표를 냈을 거다. 사장 앞으로 가서 그에게 내 생각을 남김없이 말했을 거다. 그러면 그는 분명 책상에서 굴러 떨어졌겠지! 그리고 사장이 책상 위에 앉아 그 높은 곳에서 직원과 얘기를 나누는 것은 기이한 일이다. 게다가 그 직원이 사장의 난청 때문에 그에게 아주 가까이 다가가야만 한다면 말이다. 그런데 희망은 아직 완전히 포기되지는 않았다. 언젠가 사장에게 부모님의 빚을 갚을 수 있는 돈을 모으게 되면

— 이 일은 5년 내지 6년이 더 걸릴지도 모른다 — 그 일을 무조건 해 낼 거다. 그러면 큰일을 해내는 게 된다. 물론 우선은 잠자리에서 일어나야 한다. 타야 할 기차가 5시에 떠나니까 말이야' 라고 그는 생각했다.

그리고 그는 장롱 위에서 재깍거리고 있는 자명종을 건너다보았다. '큰일났네!' 라고 생각했다. 6시 30분이었다. 바늘들은 유유히 앞으로 나아가고 있었으며, 30분도 지나 벌써 45분에 가까워지고 있었다. 자명종이 울리지 않은 것일까? 4시에 제대로 맞춰져 있는 것이 침대에서 보였다. 자명종은 분명 울렸을 것이다. 그렇다, 하지만 가구들을 진동시키는 소리를 듣고도 그냥 자는 일이 가능할까? 잠을 편히 자지는 못했지만, 아마도 그만큼 더 깊이 잤을 것이다. 그런데 이제 어떻게 해야 하지? 다음 기차는 7시에 출발한다. 그 기차를 타려면 몹시 서둘러야 한다. 옷감 견본집은 아직 꾸려져 있지도 않고, 몸이 특별히 생기있고 유연하다고도 결코 느끼지 않는다. 그리고 기차를 탔다 하더라도 사장의 질책은 피할 수 없다. 왜냐면 사환은 5시 기차를 기다리다가 내가 기차를 놓쳤다는 걸 벌써 보고했을 것이니까. 그는 사장의 꼭두각시이며, 줏대도 없고 분별력도 없다. 아프다고 하면 어떨까? 하지만 그건 매우 성가시고 의심스러운 일이 될 것이다. 5년간 일해 왔지만, 아직까지 아픈 적이라곤 없었기 때문이다. 사장은 틀림없이 의료보험조합 의사와 함께 와서는 게으른 아들 때문에 부모에게 비난을 퍼부을 것이고, 요컨대 아주 건강하면서도 일하기를 싫어하는 인간들만을 찾아내는 그 의사를 가리켜 보이며, 있을 수 있는 모든 항변을 차단할 것이다. 그런데 그런 경우, 사장이 그다지 잘못일까? 그레고르는 긴 잠 뒤에 오는, 정말로 쓸데없는 졸음을 빼곤 몸 상태가 매우 좋다고 느꼈고, 아주 심한 배고픔마저 들었다.

그가 침대에서 벗어나려는 결심을 하지 못한 채 이 모든 일을 몹시 급하게 생각하고 있을 때 ― 이 때 막 자명종은 6시 45분을 가리키고 있었다 ― 침대 머리맡에 있는 문을 조심스럽게 노크하는 소리가 들렸다. 「그레고르!」라고 부르는 소리가 들렸다 ― 그것은 어머니였다 ― 「6시 45분이야. 안 갈 거냐?」 부드러운 목소리였다! 그레고르는 대답하는 자신의 목소리를 들었을 때 놀랐다. 분명히 자신의 이전의 목소리였으나, 밑에서부터 나오는 것 같은, 억누를 수 없고 고통스러운 픽픽 하는 소리가 섞여 있었다. 이 픽픽 하는 소리는 처음 순간에는 그의 말이 명료한 상태로 있게 했으나, 여운에서는 제대로 들었는지를 알 수 없을 정도로 그 명료함을 잃게 하였다. 그레고르는 자세하게 대답하면서 모든 것을 설명하려 했지만, 이 상황에서는 「네, 네, 고마워요 엄마, 전 벌써 일어났어요.」라는 말밖엔 할 수 없었다. 목재로 된 문이라서 그레고르의 목소리가 변한 것을 밖에서는 알아채지 못한 것 같았다. 그럴 것이 어머니는 이 설명으로 진정되어 신발을 끌면서 그곳을 떠나갔기 때문이다.

하지만 이 짧은 대화 때문에 다른 가족들은 그레고르가 예상과는 달리 아직 집에 있다는 것에 주목하게 되었는데, 벌써 아버지는 옆문을 노크했다, 약하게, 하지만 주먹으로. 「그레고르, 그레고르, 무슨 일이냐?」라고 소리쳤다. 얼마 후 그는 다시 더 가라앉은 목소리로 「그레고르! 그레고르!」 하며 경고했다. 다른 쪽 옆문에서는 누이가 작은 목소리로 「그레고르 오빠? 몸이 안 좋아? 필요한 거라도 있어?」라고 걱정스럽게 말했다. 양쪽에다 그레고르는 「벌써 다 준비됐어요.」라고 대답했는데 지극히 세심하게 발음하고, 또 말과 말 사이에 긴 휴지부를 넣어 자기 목소리에 있는 모든 이상한 점들을 제거하려고 애썼다. 아버지는 아침식사를 하기 위해 제자리로 돌아갔으나, 누이는 「그레고르 오빠, 문 열어. 제발 부탁이야.」라고 속삭였다. 하지만 그레고르는 문을 열 생각을 전혀 하지 않았고, 집에서도 밤 동안에는 모든 문들을 닫아야 한다는 여행에서 얻은 조심성에 고마워했다.

우선 그는 방해받지 않고 조용히 일어나 옷을 입고, 무엇보다 먼저 아침을 먹으려 했으며, 다른 것은 그런 다음에 생각하려 했다. 침대에서는 숙고한다 하여도 좋은 결론에 이를 수 없다는 걸 잘 알고 있었기 때문이다. 그는 어쩌면 익숙치 않은 자세로 인해 생긴 어떤 가벼운 통증을 이미 종종 침대에서 느꼈던 것을 — 이 통증은 자리에서 일어난 후엔 순전히 상상일 뿐인 것으로 드러났다 — 기억해내고는, 오늘 생각하고 있는 모든 것들이 점차 해결되리라고 기대했다. 목소리가 변한 것은 심한 감기, 그러니까 출장중개인들에게 있는 직업병의 전조 이외의 그 어떤 것도 아님을 조금도 의심치 않았다.

침대 시트를 벗어 던지는 일은 아주 쉬웠다. 그가 몸을 조금 부풀리기만 하면 되었으며, 시트는 저절로 떨어졌다. 하지만 그 외의 것은 쉽지 않았다. 무엇보다 그의 몸이 너무도 컸기 때문이다. 몸을 똑바로 세우기 위해서는 두 팔과 두 손이 필요했으나, 그에게는 단지 많은 작은 다리들만이 있었고, 이 다리들은 쉬지 않고 다양한 방식으로 움직이고 있었으며, 더욱이 이것들을 마음대로 통제할 수가 없었다. 한 다리를 구부리려고 하면, 그 다리가 가장 먼저 뻗어졌다. 그리고 마침내 그 다리로 그가 원하는 대로 움직이는 일이 성공하면, 그 사이에 다른 다리들은 멋대로 해도 된다는 듯이 극심하고 고통스러울 정도로 혼란스럽게 움직였다.

「침대에서 쓸데없이 머물지 말자.」라고 그레고르는 혼잣말을 했다. 먼저 그는 하체를 이용해 침대에서 빠져 나오려고 했다. 그러나 아직까지 본 적이 없어 제대로 알 수 없는 하체는 움직이기가 너무도 힘든 것으로 보였다. 일은 아주 서서히 진행되었다. 그는 거의 난폭해졌으며, 마침내 온 힘을 다해 무모하게 앞으로 나아갔을 때, 방향을 잘못 잡아 침대 기둥 아랫부분에 심하게 부딪혔다. 그는 불타는 듯한 통증을 느꼈는데, 그 순간에는 하체가 가장 예민한 부위일지도 모른다고 생각했다.

그래서 그는 상체부터 먼저 침대에서 빼내려고 했으며, 머리를 조심스럽게 침대 가장자리로 틀었다. 일은 쉽게 되었다. 몸은 크고 무거웠지만, 마침내 서서히 머리가 회전하는 대로 따라갔다. 그러나 머리를 마지막으로 침대 밖 허공에 두게 되자, 그는 이 방식으로 계속 전진하는 것에 겁이 났다. 끝내 그런 식으로 몸이 떨어지도록 내버려 둔다면, 기적이 일어나지 않는 한, 머리를 다칠 수밖에 없기 때문이다. 이런 생각을 지금 이 순간만큼은 결코 놓쳐서는 안 되었다. 그래서 그는 차라리 침대에 머물러 있기로 했다.

하지만 그는 재차 같은 시도를 한 뒤 이전처럼 한숨을 쉬며 누워 있었고, 작은 다리들이 어쩌면 한층 더 격렬하게 서로 싸우는 것을 보고서 이 제멋대로 움직이는 것들을 통제할 가능성이 없다고 여기게 되었다.

그러자 침대에 머물러 있는 것이 불가능하며, 침대에서 벗어나는 아주 작은 희망이라도 있다면 모든 걸 감수하는 것이 가장 현명한 일이라고 재차 생각했다. 그러면서도 동시에 그는 차분하게 숙고하는 것, 아주 차분하게 숙고하는 것이 필사적인 결심보다 훨씬 낫다고 이따금씩 되뇌는 걸 잊지 않았다. 이 순간 그는 창문을 가능한 한 유심히 쳐다보았다. 하지만 유감스럽게도 좁은 도로의 다른 편까지도 덮고 있는 아침 안개를 보자, 확신과 명랑함을 가질 수 없게 되었다. 자명종이 새로이 울리자, 그는 '벌써 7시야, 벌써 7시야. 그런데도 아직도 여전히 저런 안개라니.'라고 생각했다. 그리고 약한 숨을 쉬면서 얼마동안 가만히 누워 있었는데 마치 완전한 정적으로부터 현실적이고도 당연한 상황이 다시 찾아오리라 기대하는 것 같았다.

그런 다음 그는 '7시 15분이 되기 전에 무조건 침대에서 완전히 벗어나야 해. 그리고 말이야, 그 사이에 회사에서 누군가 와서 나의 안부를 물을 거야. 회사는 7시 이전에 문을 여니까'라고 생각했다. 이제 그는 몸을 길게 뻗은 채 아주 규칙적으로 흔들어 침대로부터 벗어나려고 했다. 그가 이런 방법으로 몸을 침대에서 떨어지게 하면, 그 순간에 꼿꼿이 들어 올리려는 머리는 다치지 않을 것이다. 등은 단단해 보였다. 그러니

양탄자로 추락할 때 등에는 아무 일도 일어나지 않을 것이다. 하지만 고려되어야 할 가장 큰 문제는 날 수 밖에 없을, 아마도 모든 문의 뒤편에 경악은 아닐지라도 근심을 불러일으키게 될 쿵 하는 시끄러운 소리였다. 그러나 그 일은 시도되어야 했다.

그레고르가 침대로부터 이미 반쯤 벗어났을 때 — 이 새로운 동작 방식은 고생이라기보다는 유희였고, 그저 간헐적으로 흔들어대기만 하면 되었다 — 누군가 자기를 도우려고 온다면 모든 일이 얼마나 간단할까 하는 생각이 떠올랐다. 힘센 두 사람이면 — 그는 아버지와 하녀를 생각했다 — 충분할 것이다. 그들은 팔을 그의 둥근 등짝 밑으로 밀어 넣어 침대에서 들어내고, 무거운 그를 든 채 자신들의 몸을 아래로 구부리면 될 것이다. 그런 다음 그가 마룻바닥에서 몸을 뒤집고, 그 다음 아마도 다리들이 제구실을 하게 될 때까지 그저 조심스럽게 내버려두면 될 것이다. 그런데 문들이 잠겨 있는 걸 전혀 상관치 않고 도움을 요청해야 하나? 극심한 곤경에 처해 있음에도 이런 생각을 하자 그는 미소를 억누를 수 없었다.

이전보다 더 심하게 흔들어대자 균형을 유지하기가 어려운 지경이 되었다. 그는 당장 최종적으로 결단을 내려야했다. 왜냐면 5분 후면 7시 15분이 되기 때문이다. 그 때 대문의 초인종이 울렸다.

'회사에서 누가 왔어'라고 그는 생각했는데, 몸은 거의 굳어져 갔으며, 그러는 동안 다리들은 그만큼 더 빠르게 춤을 추고 있었다. 한순간 모든 것이 정적이었다. 그는 어떤 터무니없는 기대를 하는 가운데 '문을 열어주지 않네'라고 생각했다. 물론 항시 그렇듯 하녀가 힘찬 걸음으로 대문으로 가서 문을 열었다. 그레고르는 방문자의 첫 인사말만 듣고서도 누구인지를 이미 알았다. 다름 아닌 지배인이었다. 왜 그레고르만이 조금만 늦어도 그 즉시 극심한 의심을 받는 회사에서 일하는 운명을 갖게 되었는가? 모든 직원들이 하나같이 쓰레기 같은 인간들이라는 말인가? 그들 가운데는 단지 아침 몇 시간을 회사를 위해 보내지 않았다고 양심가책으로 어쩔 줄 몰라 하면서 침대를 떠나지 못하는 신의 있고 충성스런 사람이 없다는 것인가? 견습사원에게 알아보도록 시키는 것으로 ― 요컨대 질문을 해대는 것이 필요했다면 ― 충분하지 않는가. 그런데도 지배인이 몸소 와야 하는가. 그렇게 하여 이 의심스러운 사건에 대한 조사는 지배인의 판단에만 맡길 수 있다는 걸 죄 없는 가족 모두에게 보여주어야 하는가? 확고한 결심에서라기보다는 앞에서 말한 이러저러한 생각으로 흥분하며 그레고르는 온 힘을 다해 몸을 흔들어 침대에서 빠져나왔다. 시끄럽게 부딪히는 소리가 났지만, 아주 크게 쿵 하는 소리는 아니었다. 추락하는 소리는 양탄자에 의해 약간 약해졌으며, 등 또한 그레고르가 생각했던 것보다 더 탄력이 있었다. 그래서 그 쿵 하는 소리는 그다지 유별나게 둔중하진 않았다. 다만 머리는 충분히 조심스럽게 가누지 못하여 부딪히고 말았다. 그는 화가 나고 아파서 머리를 돌려 양탄자에 문질렀다.

「안에서 뭔가 떨어졌습니다.」라고 왼쪽 옆방에서 지배인이 말했다. 그레고르는 오늘 자기에게 그런 것처럼 지배인에게도 이와 유사한 일이 일어날 수 있지 않을까 생각해보았다. 사실 그런 가능성을 인정해야 한다. 하지만 그런 질문에 못마땅해 하는 대답이기라도 하듯 이제 옆방의 지배인은 몇 걸음 세차게 걸으며 그의 에나멜 구두로 삐걱거리는 소리를 냈다. 오른쪽 옆방에서는 누이가 그레고르에게 알려 주려고 「그레고르 오빠, 지배인님이 와 계셔.」라고 속삭이듯 말했다. 그레고르는 「알고 있어.」라고 혼잣말을 했는데, 누이가 들을 수 있을 정도로 크게 목소리를 높이려고는 하지 않았다.

이제 아버지가 왼쪽 옆방에서 「그레고르, 지배인님이 오셨는데 왜 새벽기차로 떠나지 않았는지 물으시는구나. 우리는 그 양반에게 뭐라 말해야 할지 모르겠다. 그런데 말이야, 그 분은 너와 개인적으로 말을 나누길 원해. 그러니 제발 문을 열어라. 그 분은 방이

어지럽혀져 있어도 이해해주실 아량을 갖고 계실 거야.」라고 말했다. 그러는 사이에 지배인은 「안녕하시오, 잠자 씨.」라고 큰 소리로 상냥하게 말했다. 어머니는 지배인에게 「저 아이가 몸이 안 좋은가 봐요.」라고 말했으며, 아버지는 아직도 문에 서서 「저 녀석 몸이 안 좋습니다, 제 말을 믿으세요, 지배인님. 그렇지 않다면 왜 그레고르가 기차를 놓치겠습니까! 머릿속엔 일밖에 없어요. 저 녀석이 저녁에 한 번도 외출하지 않는 것에 정말이지 짜증이 날 정도입니다. 지금 그는 일주일을 이곳에서 보내고 있지만, 매일 저녁 집에 있었어요. 그는 저기 우리 식탁에 앉아 조용히 신문을 읽거나 기차 시간표를 살펴보곤 하지요. 실톱으로 공작하는 일에 열중하는데 그게 그에겐 휴식입니다. 그래서 예를 들어 이틀 내지 사흘 저녁에 작은 액자를 깎아 만들어내요. 그것이 얼마나 멋있는지 놀라실 겁니다. 그 액자가 저기 방 안에 걸려 있지요. 그레고르가 문을 열면 곧바로 볼 수 있을 겁니다. 그건 그렇고, 지배인님 당신께서 여기에 계시니 저는 행복합니다. 우리들만으론 그레고르가 문을 열게 할 수 없을 겁니다. 그는 아주 고집이 셉니다. 틀림없이 몸이 안 좋아요. 그럼에도 아침에 저 녀석은 아니라고 했지만 말입니다.」라고 얘기했다.

그레고르는 「곧 나가요.」라고 느릿느릿 하면서도

조심스럽게 말했으며, 대화의 어떤 말도 놓치지 않기 위해 꿈쩍도 하지 않았다. 지배인은 「부인, 저도 이 일을 다르게는 이해할 수 없습니다, 심각한 일이 아닐 겁니다. 한 말씀 드려도 된다면, 우리 장사하는 사람들은 ― 유감스럽게 여기든 혹은 다행스럽게 여기든 ― 가벼운 건강장애쯤은 영업적인 상황을 고려하여 많은 경우 간단히 이겨내야 합니다.」라고 말했다. 조급해진 아버지는 「그러면 지배인님께서 네게 들어가면 되겠니?」라고 묻고는 재차 문을 두드렸다. 그레고르는 「아니오」라고 답했다. 왼쪽 옆방에서는 고통스런 침묵이 흐르기 시작했으며, 오른쪽 옆방에서는 누이가 흐느끼기 시작했다.

누이는 왜 다른 사람들에게로 가지 않는 걸까? 그녀는 이제야 침대에서 일어났을 테고, 아직 옷도 입지 못했을 것이다. 그리고 그녀는 왜 우는 걸까? 그가 일어나지 않고 있으며, 또 지배인을 들어오게 하지 않기에? 자리를 잃게 될 위험에 빠지기에? 그렇게 되면 사장이 예전부터 해오던 빚 독촉으로 부모를 다시 괴롭힐 것이기에? 하지만 그건 당분간은 쓸데없는 걱정일 것이다. 그레고르는 아직 여기에 있고, 가족을 버릴 생각은 조금도 안 하고 있다. 그가 지금 당장은 양탄자에 누워 있지만, 그의 상태를 알게 되면 어느 누구도 지배인이 들어가는 걸 그에게 진지하게 요구하지 않을 것이다. 나중에 쉽게 적당한 변명을 할 수 있는 이 작은 무례함 때문에 그레고르를 즉시 방 밖으로 내보내는 것은 좋은 일이라 할 수 없다. 그레고르에게는 자신을 울음과 설득으로 성가시게 할 것이 아니라 가만히 내버려두는 것이 훨씬 더 분별 있는 일로 보였다. 그러나 다른 사람들을 곤경에 빠뜨리고 그들의 행동을 변호해주는 것은 다름 아닌 불확실성이었다.

「잠자 씨, 대체 무슨 일이오? 당신은 방 안에서 스스로를 차단하며, 그저 네 아니면 아니오로 대답하고, 당신 부모들에게 크고 불필요한 걱정을 안겨주면서 — 덧붙여 말하면 — 당신의 업무상의 임무를 뻔뻔한 방식으로 소홀히 하고 있소. 난 지금 당신의 부모와 당신의 사장을 대신하여 말하겠소, 아주 진지하게 즉각적이고도 분명한 설명을 해주길 바라오. 난 놀라고 있소, 놀라고 있단 말이오. 난 당신을 침착하고 분별력 있는 사람으로 알고 있소. 그런데 당신은 갑자기 기이한 변덕을 부리려고 하는 것 같소. 오늘 이른 아침에 사장님은 당신의 태만에 대해 그럴 법한 설명을 내게 넌지시 말했소만 — 그것은 얼마 전부터 당신에게 맡긴 수금에 관한 것이었소 — 내 명예를 걸고 그런 설명은 옳지 않다는 것이 진정한 나의 입장이었소. 하지만 난 지금 이해할 수 없는 당신의 고집을 보고 있으며, 당신을 조금이라도 변호하려는 마음을 모두 잃고 말았소. 당신의 자리는 아주 확고한 것이 아니오. 원래는 이 모든 것을 당신과 나 둘이서만 얘기하려 했소. 그러나 당신이 지금 내 시간을 헛되이 흘려보내려 하고 있으니, 난 이 사실을 왜 당신 부모님도 알아서는 안 되는지 모르겠소. 최근에 당신의 업적은 매우 불만족스러웠소. 지금은 특별한 성과를 내는 계절이 아니긴 하오. 이 점은 우리가 인정하는 바요. 그렇다고 성과를 내지 못하는 계절이란 결코 없소, 잠자 씨, 있어서도 안 되오.」라고 지배인은 언성을 높이며 말했다.

「하지만 지배인님.」하고 그레고르는 정신없이 외쳤고, 흥분하여 다른 것은 다 잊어버리고서 「정말 바로, 당장 문을 열겠습니다. 가벼운 건강장애입니다. 현기증이 나서 일어나지 못했습니다. 지금도 침대에 누워 있지요. 하지만 지금 다시 아주 활기가 생깁니다. 당장 침대에서 나가겠습니다. 잠시만 기다려주세요! 아직까진 생각한 것만큼 좋지는 않습니다. 하지만 벌써 좋아지고 있습니다. 어떻게 갑자기 이런 일이 닥칠 수가 있는지! 어제 저녁만 하더라도 몸 상태는 좋았습니다. 부모님도 잘 알고 계십니다. 아니 더 정확히 말하면, 이미 저녁에 약간의 예감이 들었습니다. 제게서 그런 조짐을 알아보았어야 했는데 말입니다. 왜 제가 그걸 회사에 말하지 않았는지! 하지만 언제나 사람들은 병이란 집에 머물러 있지 않아도 이겨내게 될 거라고 생각하지요. 지배인님! 부모님께는 아무 말도 말아 주십시오. 당신이 지금 제게 하는 비난은 모두 근거 없는 것입니다. 아무도 제게 비난하는 말을 한 적이 없었습니다. 당신은 제가 보낸 지난번의 주문들에 대해선 읽지 않으신 것 같습니다. 그건 그렇고, 8시 기차로 떠날 겁니다. 몇 시간의 휴식으로 활력이 생겼습니다. 제발 화내지 마십시오, 지배인님. 제 자신은 곧바로 영업하러 떠나겠습니다. 이 점을 사장님께 말씀해 주시고 또 안부 전해 주십시오.」라고 말했다.

그레고르는 이 모든 말을 화급히 쏟아냈지만, 자신이 무슨 말을 했는지 거의 알지 못했다. 하지만 그러는 사이 그는 ― 아마도 이미 침대에서 숙달된 덕분으로 ― 장롱에 쉽게 다가갔으며, 그것에 기대어 몸을 일으켜 세우려고 했다. 그는 정말로 문을 열고서 자신을 보여주고, 또 지배인과 얘기를 나누려고 했다. 지금 그토록 자기를 찾고 있는 다른 사람들이 자기를 보면서 무슨 말을 하려는지 알고 싶었다. 만일 그들이 경악하게 된다면, 그것에 대해 그레고르는 더 이상 책임이 없으며, 태연할 수 있을 것이다. 하지만 만일 그들이 이 모든 일을 태연하게 받아들이게 된다면, 그 또한 하등 흥분할 이유가 없다. 그리고 서두르면 실제로 8시에 역에 도착할 수 있다.

처음에 그는 몇 번이나 매끈한 장롱에서 미끄러졌

다. 하지만 마침내 마지막으로 도약을 하여 똑바로 서게 되었다. 아랫배가 불타는 듯이 아파도 그 통증에 전혀 더 이상 관심을 두지 않았다. 이제 가까이 있는 의자의 등받이를 향해 갔으며, 다리들로 그 가장자리를 꽉 붙들었다. 그렇게 하여 그는 자신의 몸을 마음대로 할 수 있게 되었으나, 움직이지 않았다. 왜냐면 이 때 그는 지배인이 하는 말을 듣게 되었기 때문이었다.

「한 마디라도 알아들었습니까? 그가 우리를 바보 취급하는 거 아닌가요?」라고 지배인이 부모에게 물었다. 어머니는 이미 「맙소사」라고 울며 외쳤고, 그런 다음 「저 아이가 많이 아픈가 봐. 그런데 우리가 저 녀석을 못살게 굴고 있어. 그레테! 그레테!」라고 소리 질렀다. 누이는 다른 쪽에서 「어머니?」라고 불렀다. 그들은 그레고르의 방을 사이에 두고 얘기를 주고받았다. 「당장 의사에게 가야겠다. 그레고르가 아프다. 빨리 의사를 불러와. 너 지금 그레고르가 말하는 걸 들었니?」라고 어머니는 외쳤다. 지배인은 어머니의 외침에 비해 눈에 띄게 작은 소리로 「저것은 짐승의 소리였습니다.」라고 말했다. 아버지는 「안나! 안나!」라고 현관 넘어 부엌을 향해 소리 질렀고, 또 손뼉을 치면서 「당장 철물공을 데려와.」라고 했다. 두 여자는 치마가 바닥에 끌리는 소리를 내며 벌써 현관을 가로

질러 뛰어 가서 ─ 도대체 어떻게 누이는 그토록 빨리 옷을 입었을까? ─ 현관문을 열었다. 문을 닫는 소리는 전혀 들리지 않았다. 그들은 큰 불행이 일어나는 집에서 흔히 그러하듯 문을 열어두었던 것이다.

그레고르는 이전보다 훨씬 평온해졌다. 자신의 말이 충분히 분명하게, 어쩌면 귀가 적응을 했기에 이전보다 더 분명하게 들렸으나, 사람들은 그의 말을 전혀 이해하지 못했다. 하지만 적어도 그들은 그가 맞이한 상황이 정상이 아니라는 걸 이미 믿고 있었고, 그를 도울 준비가 되어 있었다. 사람들이 기대와 확신으로 내린 첫 번째 조처들은 그를 기쁘게 했다. 그는 자신이 다시금 사람들 무리에 속해 있다는 걸 느꼈다. 그리고 두 사람, 즉 의사와 철물공에게서 ─ 근본적으로는 이들을 엄밀하게 구분하지 않고서 ─ 대단하고도 놀라운 성과를 기대했다. 그는 다가오는 중요한 면담에 대비하여 가능한 한 맑은 목소리를 갖기 위해 기침을 약간 하여 가래를 뱉었다. 물론 매우 약하게 하려고 애썼다. 왜냐면 어쩌면 이 소리가 이미 사람의 기침소리와 다르게 들렸기 때문이었는데, 그 자신은 이 점에 대해서 판단할 생각은 더 이상 감히 하지 않았다. 그러는 사이에 옆방은 아주 조용해졌다. 어쩌면 부모는 지배인과 함께 탁자에 앉아 은밀하게 속삭일지도 모르며, 모두 문들에 기대어 엿듣고 있을지도 모른다.

그레고르는 의자를 이용하여 자신의 몸을 문으로 밀어 옮겼으며, 그곳에서 의자를 놓아버렸다. 그런 다음 문에다 몸을 기대고서 거기에 똑바로 섰으며 ― 그의 다리들의 불룩한 부분에는 약간 끈적거리는 것이 묻어 있었다 ― 그곳에서 잠시 동안 힘이 들어 쉬었다. 그런 다음 그는 입으로 자물통에 꽂혀 있는 열쇠를 돌리기 시작했다. 제대로 된 치아가 없다는 것이 유감스러웠으나 ― 참, 무엇으로 열쇠를 붙들어야 하지? ― 그 대신 턱들은 물론 매우 단단했다. 그는 그것들에 힘입어 실제로 열쇠를 움직였으며, 어떤 상처를 입을 거라는 것이 틀림없었는데도 이에 대해서는 신경을 쓰지 않았다. 그럴 것이 갈색의 액체가 그의 입에서 흘러나와 열쇠 위로 흘러서 바닥에 떨어졌기 때문이다. 옆방에 있는 지배인은 「들어보세요, 그가 열쇠를 돌리고 있군요.」라고 말했다. 그 말은 그레고르에게 큰 격려가 되었다. 하지만 모두가 그를 향해 외치면 좋으련만, 아버지와 어머니도. '자! 그레고르, 붙어라, 자물통에 꽉 붙어!'라고 모두가 외치면 좋을 텐데. 모두가 자신이 애쓰는 걸 지켜보고 있다는 생각에서 그는 모을 수 있는 힘을 다 모아 정신없이 열쇠를 꽉 물었다. 열쇠가 계속 돌아가면서 그는 자물통을 따라 춤추듯 돌았고, 이제 입에 의해서만 몸을 지탱했으며, 필요에 따라 열쇠에 매달리거나 온 몸의 힘으로 열쇠를 눌러 내렸다. 마침내 찰칵하는 자물통의 낭랑한 소리에 그레고르는 정신이 번쩍 들었다. 안도의 한숨을 쉬며 '그러니까 철물공이 필요 없었어'라고 혼잣말을 했으며, 문을 완전히 열기 위해 머리를 손잡이 위에다 올렸다.

그가 이런 방법으로 문을 열어야 했기 때문에 문은 정말 활짝 열렸으나, 그의 모습은 아직 볼 수가 없었다. 거실에 들어가기 직전에 볼품없이 나자빠지지 않으려면, 아주 천천히 날개문의 한쪽 문 주위를 돌아야 했으며, 그것도 아주 조심스럽게 그래야 했다. 그는 여전히 그런 고된 동작에 열중하고 있었고, 다른 것에는 신경을 쓸 여유가 없었다. 그 때 그는 지배인이 큰 소리로 「오!」 하고 내뱉는 소리를 들었으며 ― 이 소리는 흡사 바람이 쏴악 하고 부는 소리 같았다 ― 문에 가장 가까이 있는 지배인이 마치 보이지는 않으나 계속적으로 작용하는 어떤 힘이 자신을 몰아대는 것처럼 벌어진 입을 손으로 누르면서 천천히 뒤로 물러나는 것을 보았다. 어머니는 ― 그녀는 거기에 지배인이 같이 있음에도 밤 내내 풀어져 곤두서 있는 머리를 하고 있었다 ― 처음엔 두 손을 깍지 끼고서 아버지를 쳐다보았고, 그런 다음 그레고르에게 두 걸음 다가가더니 쫙 펼쳐지고 있는 치마 한가운데에 쓰러졌다.

30

얼굴은 가슴으로 숙여져 있어 보이질 않았다. 아버지는 마치 그레고르를 방 안으로 다시 몰아넣으려는 것처럼 적의에 찬 표정으로 주먹을 쥐었으며, 그 다음엔 거실 주위를 불안스레 둘러보았고, 그런 후 두 손으로 눈을 가리고는 건장한 가슴이 들썩거릴 정도로 울었다.

그레고르는 결코 거실 안으로 들어가지 않았으며, 단단하게 빗장이 질러져 있는 문날개에 몸을 안으로부터 기대고 있었는데, 그래서 그의 몸은 반쯤만, 그리고 다른 사람들을 건너다보고 있는, 옆으로 숙인 그의 머리만 보였다. 그러는 사이에 날은 훨씬 밝아졌다. 거리의 다른 쪽에는 마주하면서 끝이 안 보이는, 전면에 수많은 창문이 나 있는 회흑색 집이 — 그것은 병원이었다 — 뚜렷한 모습으로 서 있었다. 비가 아직도 내리고 있었다. 크고 하나하나 다 볼 수 있는, 그야말로 제각기 땅으로 던져지는 빗방울이 떨어지고 있었다. 아침 먹은 식기들이 식탁 위에 엄청나게 많이 놓여 있었다. 아버지에게 아침식사는 각종 신문을 읽으면서 몇 시간을 끄는, 하루 중에 가장 중요한 식사였기 때문이다. 바로 맞은 편 벽에는 미소를 띠며 군도에 손을 댄 채 자신의 자세와 제복에 경의를 표하기를 요구하는 듯한, 소위로 복무할 당시의 그레고르 사진이 걸려 있었다. 현관으로 나가는 문이 열려 있었고, 현관문 또한 열려 있어 집 앞의 공간과 아래로 내려가는 계단의 시작 부분이 내다보였다.

「그러면,」이라고 그레고르는 말했는데, 그는 자신이 평온을 유지하는 유일한 사람이란 걸 잘 의식하고 있었다. 「즉시 옷을 입고 견본집을 싸서 떠날 겁니다. 다들 그렇게 해주시겠어요, 저를 떠나게 해주시겠어요? 이제 지배인님은 아시겠지요. 제가 고집이 세지 않고, 일하는 걸 좋아한다고 말이죠. 영업여행은 힘들어요, 하지만 전 그 일을 하지 않고선 살아갈 수 없어요. 어디로 가실 건가요, 지배인님? 회사로? 그렇지요? 모든 걸 사실대로 보고하실 거지요? 지금 당장은 일을 할 수 없는 처지입니다. 하지만 이전의 성과를 기억하면서 나중에 장애가 없어진 뒤엔 확실히 그만큼 더 열심히, 더 정신을 집중하여 일하겠다고 생각하는 적절한 시점이 올 겁니다. 전 사장님께 빚진 것이 아주 많습니다. 그건 지배인님께서도 잘 아는 것입니다. 다른 한편으론 제겐 부모님과 누이에 대한 걱정이 있습니다. 전 곤경에 처해 있으나, 다시 그것에서 벗어나게 될 겁니다. 저의 상황을 지금보다 더 어렵게는 만들지 말아 주십시오. 회사에서 제 편이 되어 주십시오. 사람들이 출장중개인을 좋아하지 않는다는 건 잘 알고 있습니다. 돈을 엄청나게 벌며, 그래서 호사스런 생활을 한다고들 생각합니다. 사람들은 이런 선입견을 보다 좋은 방향으로 숙고해보는 특별한 계기를 갖지 않습니다. 하지만 지배인님, 당신께선 이 점에 대해 다른 직원들보다 더 훌륭한 통찰력을 갖고 계십니다. 믿고 말합니다만, 심지어 당신은 기업가의 속성 때문에 판단함에 있어 직원들에게 불리한 방향으로 쉽게 현혹되어버리는 사장님보다도 더 훌륭한 통찰력을 갖고 계십니다. 또한 당신께선 거의 일 년 내내 회사 바깥에 있는 출장중개인은 그 자신이 방어하기는 전혀 불가능한 험담들, 우연한 일들, 원인 모를 육체적 고통들에 아주 쉽게 희생물이 된다는 것도 ― 그럴 것이 대개의 경우 그런 것들에 대해 경험해본 적이 전혀 없으며, 지칠 대로 지친 채 여행을 끝내고 집에 온 후에야 좋지 않은, 더 이상은 그 원인을 알 수 없는 결과들을 자신의 몸에서 알게 되기 때문에 ― 잘 알고 계십니다. 지배인님, 당신은 제가 적어도 얼마쯤은 옳다는 말 한 마디 않고는 떠나지 마십시오!」

그러나 지배인은 그레고르의 말이 시작될 때 이미 몸을 돌렸고, 입술을 삐죽 내밀면서 으쓱하는 어깨 너머로만 그레고르를 뒤돌아보았다. 그리고 그레고르가 말하는 동안 한순간도 가만히 서 있지 않았으며, 그에게서 시선을 떼지 않고 문 쪽으로 물러갔다. 마치 그 방을 떠나라는 비밀스런 명령이라도 받은 듯이 아주 느리게 그랬다. 이미 그는 현관에 가 있었고, 거실로부터 마지막으로 발을 뺄 때 보인 갑작스런 움직임은 지금 막 자기 발바닥에 불이라도 붙은 것 같았다. 하지만 현관에서는 흡사 그야말로 초지상적인 구원이 그곳에서 그를 기다리고 있기라도 하듯 오른손을 계단 쪽으로 활짝 뻗었다.

그레고르는 회사에서의 자신의 자리가 극도로는 위태로워지지 않겠지만, 지배인을 결코 이런 분위기에서 보내서는 안 된다는 것을 알아챘다. 부모들은 이 모든 것을 그다지 잘 이해하지 못했다. 그들은 그레고르가 이 회사에 있는 한 그가 살아가는 데는 걱정이 없다는 걸 긴 세월에 걸쳐 확신해왔으며, 또한 지금은 당장의 여러 걱정에 온통 신경을 쓰고 있어 앞날에 대해선 어떤 생각도 할 수 없는 처지였다. 하지만 그레고르는 앞날에 대한 생각을 하고 있었다. 지배인을 붙들고, 달래고, 설득하여 결국은 자기 편을 만들어야 한다. 그와 가족의 미래가 이것에 달려 있는 것이다! 누이가 여기에 있다면 좋으련만! 그녀는 영리하다. 그가 등을 대고 가만히 누워 있었을 때, 그녀는 울었었다. 그녀라면 여성에게 약한 지배인의 마음을 돌릴 수 있을 것인데. 그녀는 현관문을 닫고 그곳에서 말을 나누면서 그에게서 두려움을 없애줄 텐데. 하지만 누이는 지금 당장엔 이곳에 없으니, 그 자신이 나서야 한다.

그레고르는 몸을 움직이는 자신의 지금의 능력에

대해선 지배인이 아직은 전혀 알지 못한다는 걸 생각하지 않고, 그리고 자신의 말이 어쩌면 재차, 아니 아마도 재차 이해되지 못하리라는 것에 대해서도 생각하지 않고 문날개를 벗어나 열린 문 사이로 몸을 밀어지나갔다. 그는 이미 집 앞 난간을 두 손으로 잡고 우스꽝스러운 자세로 자신의 몸을 지탱하고 있는 지배인에게로 가려고 했다. 하지만 그 즉시 붙잡을 것을 찾는 가운데 작은 외마디 소리를 지르며 자신의 많은 다리들 위로 쓰러졌다.

이렇게 되자마자 그는 이 날 아침 처음으로 신체적인 쾌감을 느꼈다. 다리들은 단단한 바닥을 딛고 서 있었다. 기뻐하며 알게 된 것과 같이 그것들은 아주 말을 잘 들었으며, 그가 원하는 곳으로 데려 가려고까지 했다. 벌써 그는 모든 고통이 곧 최종적으로 끝나리라고 여겼다. 하지만 어머니로부터 전혀 멀리 떨어져 있지 않은 곳에서 억제된 움직임으로 비틀거리며 가다가 그녀의 정면 맞은 편 바닥에 눕게 되었다. 그 순간 자신의 생각에 완전히 빠져 있었던 어머니는 팔을 쫙 뻗고, 손가락을 편 채 갑자기 훌쩍 뛰어오르면서 「도와줘요, 맙소사, 도와줘요.」라고 외쳤고, 마치 그레고르를 더 잘 보려고 하는 듯 머리를 숙이고 있었으나, 그 다음엔 조금 전과는 달리 정신없이 뒷걸음질을 했다. 자기 뒤에 음식이 차려진 식탁이 있다는 걸 잊어버렸던 것이다. 그녀는 식탁 근처에 이르게 되었을 때, 방심한 듯 화급히 식탁 위에 앉게 되었는데, 자기 옆의 엎어진 주전자에서 커피가 양탄자 위로 콸콸 쏟아지는 걸 전혀 모르는 듯 보였다.

「어머니, 어머니.」하고 그레고르는 나지막이 부르며 그녀를 올려다보았다. 순간 그에게 지배인 생각은 없어졌으며, 그 대신 흐르는 커피를 보자 한사코 그것을 낚아채려고 여러 차례 턱들로 허공을 덥석 물려고 했다. 어머니는 재차 소리를 질렀고, 식탁으로부터 도망쳤으며, 그녀를 향해 달려오는 아버지의 팔에 안겼다. 하지만 지금 그레고르에게는 부모에 대해 신경을 쓸 겨를이 없었다. 지배인은 이미 계단에 있었다. 그는 난간에 턱을 올려놓고서 마지막으로 뒤돌아보았다. 그레고르는 그를 가능한 한 확실하게 따라잡으려고 시도했다. 지배인은 뭔가를 예감했음에 틀림없었다. 그는 몇 개의 계단을 훌쩍 뛰어 내려 사라져버렸기 때문이다. 「후유!」하고 그는 외쳤는데, 그 소리는 계단 입구 전체를 타고 퍼져나갔다.

유감스럽게도 지배인의 이러한 도주는 지금까지 비교적 냉정했던 아버지를 완전히 혼란스럽게 만든 것처럼 보였다. 그럴 것이 그 자신이 지배인을 뒤따라가거나, 최소한 그레고르가 뒤쫓는 것을 저지하지 않는 대신에 오른손으로는 지배인이 모자와 외투와 함께 의자에 두고 간 지팡이를 움켜쥐고, 왼손으로는 여러 장의 신문을 탁자에서 집어 들고는 발을 구르면서 지팡이와 신문을 휘둘러 그레고르를 그의 방으로 몰아대기 시작했기 때문이다. 그레고르의 애원은 소용없었고, 이해되지도 못했다. 그는 머리를 아주 순종적으로 돌리려고 했는지는 모르지만, 아버지는 한층 더 강하게 발을 굴렀다. 서늘한 날씨에도 불구하고 어머니는 저 위쪽에 창문 하나를 열어 놓았다. 그녀는 창문 밖으로 기댄 채 쑥 내민 얼굴을 양손으로 감쌌다. 거리와 계단입구 사이에서 강한 바람이 일어났고, 창문 커튼들이 날렸고, 탁자 위의 신문들은 살랑거렸으며, 몇 장은 바닥 위로 날아갔다. 아버지는 냉혹하게 몰아대면서 짐승처럼 쉭쉭 하는 소리를 내뱉었다. 하지만 그레고르는 아직 뒤로 가는 것에는 전혀 경험이 없었고, 그래서 그 일은 정말 아주 천천히 이뤄졌다.

만일 그레고르가 몸을 돌릴 수가 있다면, 그는 당장 그의 방으로 갈 것이다. 몸 돌리는 것을 지체하면 아버지가 못 참게 될까봐 두려웠다. 그리고 어느 순간에라도 아버지 손에 있는 지팡이가 그의 등이나 머리에 치명적인 타격을 할 기세였다. 그레고르는 놀랍게도 자신이 뒷걸음질 할 때는 전혀 방향을 잡을 줄 모른다는 걸 알게 되었기 때문에, 결국 그에게는 다른 선택이란 주어져 있지 않았다. 그래서 그는 아버지를 향해 계속 불안한 곁눈질을 하면서 가능한 한 신속하게, 하지만 실제로는 아주 천천히 몸을 돌리기 시작했다. 아버지는 그의 착한 의도를 알아차렸을지도 모른다. 그는 그레고르가 그렇게 할 때 그를 방해하는 것이 아니라 때때로 멀리서 지팡이의 뾰족한 끝부분으로 회전 동작을 지휘했기 때문이다. 제발 아버지가 쉭쉭 하는 그 참을 수 없는 소리만 내지 않는다면 좋으련만! 그것 때문에 그레고르는 정신이 나가버렸다. 계속 이 쉭쉭 하는 소리에 귀를 기울이는 바람에 방향을 잃기도 하고 또 몸을 약간 되돌리기도 하였으나, 이 때 그는 이미 몸을 거의 완전히 회전하였다.

하지만 마침내 그가 다행히 머리를 열려 있는 문 앞에 두게 되었을 때, 그곳을 통과하기에는 그의 몸이 너무 크다는 것이 드러났다. 물론 아버지가 그레고르가 충분히 통과할 수 있도록, 예컨대 다른 문날개를 열어주는 일은 그의 현재의 기분 상태로는 결코 생각할 수 없는 일이었다. 그의 한결같은 생각은 그레고르가 가능한 한 빨리 그의 방으로 돌아가야 한다는 것뿐이었다. 또한 그는 그레고르가 몸을 세우는 데에, 또 어쩌면 그런 자세로 문을 통과하는 데에 필요한 여러 번거로운 준비를 하도록은 결코 허락하지 않을 것이다. 오히려 그는 마치 하등의 거리낄 것이라곤 없는 듯, 이제 기이한 소음을 내면서 그레고르를 앞으로 내

몰았다. 그레고르의 뒤편에서 나는 소리는 더 이상 오직 한 분 뿐인 아버지의 목소리가 아니었다. 이제 그것은 정말 장난삼아 하는 것이 아니었다. 그레고르는 자신을 방 안으로 — '될 대로 되라지' 하고서 — 밀어 넣었다. 그의 몸 한쪽이 들려 올려졌고, 그는 열린 문에 비스듬히 누워 있었다. 옆구리는 마찰로 심하게 상처를 입었는데, 흰색 문에 흉측한 얼룩이 남아 있었다. 곧 옴짝달싹 못하게 되었고, 혼자서는 더 이상 몸을 움직일 수 없게 되었다. 한쪽의 다리들은 떨면서 높이 허공에 달려 있었고, 다른 쪽 다리들은 고통스럽게 바닥에 짓눌려 있었다 — 이 때 아버지가 뒤에서, 지금으로선 정말 구원이 되는 강한 타격을 그에게 했다. 그는 심하게 피를 흘리며 멀리 그의 방 안으로 나가 떨어졌다. 문은 지팡이로 닫혔고, 그런 다음 마침내 정적이 찾아들었다.

II

　어두워져 가는 저녁에서야 그레고르는 무겁고도 무기력한 잠에서 깨어났다. 방해받지 않았어도 분명 그는 그렇게 늦게 깨어나지는 않았을 것이다. 그는 충분히 쉬고 충분히 잠을 잤다고 느꼈기 때문이다. 그러나 마치 조용한 발걸음 소리와 현관으로 나가는 문이 조심스럽게 닫히는 소리가 그를 깨운 것 같은 느낌이 들었다. 거리의 전기등 불빛이 천정과 가구들 윗부분의 이곳저곳에 창백하게 드리우고 있었으나, 그레고르가 있는 아래쪽은 어두웠다. 그는 무슨 일이 일어났는지 보기 위해, 이제야 비로소 그 가치를 알게 된 그의 더듬이들로 서툴게 더듬으면서 서서히 몸을 밀어 문으로 갔다. 그의 왼쪽 옆구리에는 오직 하나의 길고, 불쾌하게 당기는 흉터가 나 있었다. 그는 다리들을 두 줄로 세우고서 심하게 절뚝거리며 걸을 수밖에 없었다. 게다가 작은 다리 하나가 오전의 사고 때 크게 다쳤는데 ─ 단지 하나만 다친 것은 거의 기적에 가까웠다 ─ 생기를 잃고 질질 끌렸다.

그는 문에 와서야 비로소 무엇이 자신을 그곳으로 유혹했는지를 알아챘다. 그것은 어떤 먹을 수 있는 것의 냄새였다. 그곳엔 달콤한 우유가 사발에 채워져 있었는데, 그 안에는 작은 흰 빵 조각들이 떠 있었다. 그는 기쁜 나머지 하마터면 웃을 뻔했다. 아침보다 더 배가 고팠기 때문이었다. 그는 곧장 우유 안으로 머리를 거의 눈 위까지 담갔다. 하지만 곧 실망하여 머리를 다시 끄집어냈다. 왼쪽 옆구리가 거북하여 음식을 먹기가 힘들 뿐만 아니라 ─ 그는 숨을 몰아쉬면서 몸 전체가 협력할 때만 먹을 수 있었다 ─ 평소 그가 좋아하는 음료이기에 분명 누이가 자신을 위해 들여 놓았을 우유가 전혀 맛이 없었기 때문이다. 그는 거의 불쾌한 기분으로 그 사발에서 몸을 돌려 방 한가운데로 기어 되돌아갔다.

그레고르가 문틈으로 보았을 때 거실에는 가스화덕에 불이 붙여져 있었다. 평소 이런 낮 시간에는 아버지가 오후에 나오는 신문을 어머니에게, 가끔은 누이에게 읽어주곤 했으나, 지금은 아무 소리도 들리지 않았다. 그러니까 어쩌면 누이가 항시 얘기하고 편지로 썼던 이 낭독은 최근에 중단되었는지도 모른다. 하지만 집은 분명 비어 있지 않은데도 사방이 매우 조용했다. '모두들 정말 조용하게 지내는구나.'라고 그레고르는 생각했으며, 자기 앞의 어두운 곳을 응시하는 가운데 자신이 부모와 누이에게 이토록 멋진 집에서 이 같은 삶을 살 수 있도록 해준 것에 큰 자부심을 느꼈다. 만일 지금 모든 평온함, 모든 윤택함, 모든 만족이 경악으로 끝나게 되기라도 하면 어쩌나? 그레고르는 이런 생각에 빠져들지 않기 위해 더욱 더 몸을 움직여보려 했고, 방 안을 이리저리 기어 다녔다.

긴 저녁 동안 한 번은 옆문 하나가, 또 한 번은 다른 옆문 하나가 약간 틈이 보일 만큼 열렸다가 황급히 다시 닫혔다. 누군가 들어올 마음이 있었으나, 재차 많이 주저한 것이다. 그레고르는 거실 문 바짝 가까이에 멈춰 서서 머뭇거리는 그 방문객을 어떻게든 들어오게 하거나 적어도 그가 누구인지를 알아보려고 결심했다. 그러나 이제 문은 더 이상 열리지 않았으며, 그레고르는 기다렸으나 헛수고였다. 모든 문이 잠겨 있던 이른 아침에는 모두가 그에게로 들어오려고 했다. 그런데 그가 문 하나를 열어 놓은 지금은 ― 다른 문들도 분명 낮 동안에는 열려 있었다 ― 더 이상 어느 누구도 오지 않았으며, 열쇠들 또한 바깥에서 꽂혀 있었다.

거실의 불은 밤늦게야 꺼졌는데, 이제 부모와 누이가 그토록 늦게까지 잠을 자지 않는다는 것을 쉽게 알수 있었다. 세 사람 모두 발꿈치를 들고 물러가는 걸정확히 들을 수 있었기 때문이다. 분명 이제는 어느 누구도 아침까지는 더 이상 그레고르에게 들어오지 않을 것이며, 따라서 그는 이제 생활을 어떻게 새로이 해야 할까를 방해받지 않고 생각할 수 있는 긴 시간을 갖게 되었다.

그러나 그가 어쩔 수 없이 바닥에 납작하게 누워 있어야 하는, 천정이 높고 자신 외엔 사용치 않는 방은 — 이 방은 그가 5년 전부터 지내온 방이었는데도 — 까닭 모르게 그를 불안하게 했다. 그는 반쯤은 무의식적으로 몸을 돌리고, 또한 약간은 부끄러워하면서 소파 밑으로 서둘러 들어갔다. 그곳에서 그는 등이 약간 눌려지고 머리를 더 이상 쳐들 수 없음에도 곧바로 매우 기분이 좋아지는 걸 느꼈으며, 다만 몸이 소파 밑에 완전히 들어가기에는 너무 크다는 것만이 유감스러웠다.

그곳에서 그는 밤 내내 머물렀다. 이 밤을 한편으론 비몽사몽 상태에서 배가 고파 계속 반복하여 놀라 일어나는 것으로, 다른 한편으론 걱정과 불확실한 희망으로 보냈다. 이 모든 걱정과 희망은 자신이 당분간은 태연하게 행동해야 하며, 또한 일단 자신의 지금 상황으로 어쩔 수 없이 가족에게 끼친 불쾌한 일들을 그가 인내하고 최대한 배려함으로써 그들이 견뎌낼 수 있도록 해야 한다는 결론을 내리게 했다.

이른 아침에 벌써 — 아직은 거의 밤이었긴 하지만

― 그레고르는 이제 막 내린 결심의 힘을 시험할 기회를 갖게 되었다. 거의 완전하게 옷을 차려입은 누이가 현관에서 문을 열고 긴장된 모습으로 방안을 들여다 보았기 때문이다. 그녀는 그를 즉시 보진 못했다. 하지만 그녀는 그가 소파 밑에 있다는 걸 알아챘을 때 ― 그렇다, 그는 어딘가에 있을 수밖에 없고, 날아서 사라져 버릴 수는 없는 것이다 ― 너무 놀라 자제력을 잃고 다시금 밖에서 문을 닫아 버렸다.

하지만 그녀는 마치 자신의 행동을 후회라도 하는 듯 즉시 문을 다시 열었으며, 또한 흡사 중병을 앓는 사람이나 낯선 사람에게 와 있기라도 하듯 발꿈치를 들고 들어왔다. 그레고르는 소파의 가장자리 아주 가까이까지 머리를 내밀고 그녀를 관찰했다. 그녀는 그가 우유를 그대로 둔 걸 알게 될까, 그것도 결코 배가 고프지 않아서 그러는 것이 아니라는 것을? 그녀는 그에게 더 알맞는 다른 음식을 들여오게 될까? 만일 그걸 그녀 스스로 하지 않는다면, 소파 밑에서 앞으로 나아가 누이 발에 몸을 던지고서 먹기 좋은 어떤 음식을 청하고픈 욕구가 아주 강하게 일어나고 있지만 그녀에게 그것을 알려주기보다는 차라리 굶어 죽어버리리라.

누이는 우유가 주위에 단지 약간만 흘려져 있을 뿐 아직도 사발에 가득 있는 걸 금방 알아보고는 놀라워했다. 그녀는 즉시 사발을 맨손이 아니라 걸레로 들어

올리고는 밖으로 가지고 나갔다. 그레고르는 그녀가 그 대신 무엇을 가져올까 매우 궁금했으며, 그것에 대해 수많은 생각을 했다. 하지만 그는 정말 누이가 선량한 마음으로 뭘 하게 될지는 결코 알아낼 수 없으리라. 그녀는 그의 입맛을 알아보려고, 선별한 모든 것들을 오래된 신문지 위에 펼쳐서 가져왔다. 거기에는 반쯤 썩은 오래된 야채, 굳어버린 흰 소스에 둘러싸인 ─ 저녁 식사에 나왔던 ─ 뼈다귀들, 몇 개의 건포도와 편도, 그레고르가 이틀 전에 먹을 수 없다고 말한 치즈, 말라버린 빵, 버터가 발린 빵, 버터가 발리고 소금이 쳐진 빵이 있었다. 그 밖에도 그녀는 이 모든 것들에 곁들여 자신이 부은 물이 담긴, 아마도 영원히 그레고르 것으로 정해진 사발을 내놓았다.

그녀는 그레고르가 자기 앞에서는 먹지 않으리라는 걸 알고 있기에 배려하는 마음에서 화급히 자리를 뜨고는 그가 마음껏 편하게 먹어도 된다는 걸 알 수 있도록 열쇠를 돌리기까지 했다. 그레고르의 다리들은 음식에 다가가자 윙윙하며 떨리는 소리를 냈다. 또한 그의 상처들은 이미 완전히 나았음에 틀림없으며, 그는 더 이상 어떤 불편함도 느끼지 않았다. 그레고르는 그것에 대해 놀라워했으며, 한 달도 더 전에 칼에 손가락들을 베었고, 또 이 상처가 그제까지만 해도 상당히 아팠다는 것을 기억했다. '이제 내가 덜 예민해지기라도 한 건가?'라고 생각했으며, 이내 그 어떤 음식보다 즉각적이고 강력하게 그를 끌어당기는 치즈를 탐욕스럽게 빨아먹었다. 그는 차례차례로 신속하게, 그리고 만족한 나머지 눈물을 흘리며 치즈, 야채, 소스를 먹어치웠다. 그 대신 그에게는 신선한 음식들은 맛이 없었으며, 그 냄새를 견딜 수가 없어서 먹으려고 하는 것들까지도 질질 끌어서 약간 멀리 떨어진 곳에 갖다 놓았다.

그는 이미 한참 전 모든 것을 끝마쳤으며, 누이가 되돌아가라는 신호로 천천히 열쇠를 돌렸을 때, 아직도 같은 곳에서 빈둥거리며 누워 있었다. 그는 거의 잠들었지만, 열쇠 돌리는 소리에 놀라 일어났으며, 서둘러서 소파 밑으로 다시 들어갔다. 누이가 방 안에 머무는 짧은 시간만이라도 소파 밑에 머무는 일은 그에게 엄청난 극기를 요구했다. 충분한 식사로 그의 몸이 약간 둥글어졌으며, 그 좁은 곳에서는 숨을 겨우 쉴 수 있었기 때문이다. 그레고르는 약한 발작 상태를 보이는 가운데, 약간 튀어나온 눈을 하고서, 아무것도 눈치채지 못하는 누이가 빗자루로 음식물 찌꺼기를 모을 뿐만 아니라 그가 전혀 손대지 않은 음식물조차 마치 더 이상 필요치 않은 것처럼 쓸어 모으는 것을 바라보았다. 또한 그녀가 모든 것을 어떤 통에다 부어 넣으며, 나무 덮개로 덮고, 그런 다음 모든 걸 밖으로 가져나가는 것을 보았다. 그녀가 돌아서자마자 그레고르는 소파 밑에서 나와 몸을 뻗어 부풀렸다.

그레고르는 매일 이런 방법으로 음식을 제공받았는데, 부모와 하녀가 아직 잠을 자고 있는 아침에 한 번 그랬고, 모두가 점심 식사를 한 뒤에 또 한 번 그랬다. 부모들은 식사를 한 다음에도 잠시 동안 잠을 잤기 때문이다. 그리고 하녀는 누이가 시장을 보도록 내보냈다. 또한 그들도 그레고르가 굶어 죽는 걸 원치 않았던 것은 분명하다. 하지만 아마도 그들은 식사에 관해서는 누이의 얘기를 통해 전해 듣는 것 이상을 알게 되는 것은 견디지 못할 것이리라. 누이는 어쩌면 있을 수도 있는 작은 슬픔마저도 그들이 갖지 않도록 하려고 했다. 그들은 실제로 충분히 고통당하고 있었기 때문이다.

그 첫날 오전에 어떤 핑계를 대어 의사와 철물공을 집에서 다시 돌려보냈는지 그레고르는 전혀 알 수 없었다. 그의 말을 알아들을 수 없기에 어느 누구도, 누이까지도 그가 다른 사람들의 말을 알아들을 수 있으리라 생각하지 않기 때문이다. 그리하여 그는 누이가 그의 방에 있을 때 이따금씩 한숨을 쉬고 성자들을 부르는 소리를 듣는 것으로 만족해야 했다. 나중에 그녀가 모든 것에 약간 익숙해졌을 때에야 비로소 — 물론 완전히 익숙해지는 것은 말이 되지 않았다 — 그레고르는 호의적인 혹은 호의적으로 해석될 수 있는 말을 간혹 듣게 되었다. 그녀는 그레고르가 음식을 깨끗이 먹어치울 때면 「오늘은 맛이 있었나 보네.」라고 말했고, 점점 더 빈번해지는 정반대의 경우에는 거의 애처롭게 「또 모든 게 그대로 남았네.」라고 말하곤 했다.

그레고르는 어떤 새로운 소식도 직접적으로는 알 수 없었으나, 옆방들에서 들려오는 여러 가지 것들을 엿들었다. 그는 목소리를 듣게 되기만 하면, 곧장 그 소리가 나는 문으로 가서 온 몸을 그 문에다 밀착시켰다. 특히 처음에는 은밀하게 나누는 것일지라도 어쨌든 그에 대한 것이 아닌 대화는 없었다. 이틀 동안은 모든 식사 때에 이제 어떻게 해야 하는가에 대해 상의하는 말을 들을 수 있었다. 또한 식사와 식사 사이에서도 같은 내용에 대해 얘기를 나눴다. 어느 누구도 혼자 집에 있고 싶어 하지 않았고, 어떤 경우에도 완전히 집을 비워놓을 수는 없었기에 적어도 가족 중 두 사람은 집에 있었기 때문이다. 그리고 하녀는 바로 첫날에 ─그녀가 갑작스런 그 일에 대해 무엇을, 그리고 얼마나 알고 있었는지는 그다지 분명치 않다 ─ 무릎을 꿇고서 자신을 당장 내보내달라고 어머니에게 간청했다. 그녀는 15분 후에 떠나는 인사를 하고 눈물을 흘리며 가족들이 그간 자신에게 보여준 큰 호의에 대해 그랬듯이 해고에 대해서도 감사를 표했다. 그리고 요구하지 않았는데도 어느 누구에게 조금도 누설하지 않겠다는 불쾌한 맹세를 했다.

이제 누이는 어머니와 함께 음식을 만들어야 했다. 물론 그것은 많이 힘든 것은 아니었다. 누구도 거의 먹지 않았기 때문이다. 그레고르는 한 사람이 다른 사람에게 식사를 권유해도 소용이 없으며, 서로에게서 「고마워, 충분히 먹었어」라든가 혹은 이와 비슷한 말 이외의 다른 대답은 얻지 못하는 걸 계속 반복하여 듣게 되었다. 종종 누이는 아버지에게 맥주를 마시겠느냐고 물었으며, 진심으로 자신이 맥주를 사오겠다고 자청했다. 아버지가 말이 없자, 그녀는 아버지가 망설이지 않도록 하기 위해 건물 관리인의 아내를 보낼 수도 있다고 말했으나, 아버지는 마침내 큰 소리로 「아니」라고 말했고, 더 이상 그것에 대해 말이 없었다.

이미 첫날에 아버지는 모든 재산 상태와 미래의 상황에 대해 어머니와 누이에게 설명했다. 이따금 그는 탁자에서 일어났으며, 그리고는 5년 전의 사업실패 때에 지켜낸 작은 가정용 금고에서 모종의 증명서류 혹은 비망록을 가져왔다. 그가 복잡한 자물통을 열어서 찾는 것을 꺼낸 다음 다시 닫는 소리가 들렸다. 아버지의 그런 설명은 부분적으로는 그레고르가 자신이 방에 갇히고 난 이후에 듣게 된 첫 번째로 기분 좋은 것이었다. 그는 그 사업에서 아버지에게 조금도 남아 있는 게 없다고 생각하고 있었다. 아버지는 적어도 그에게는 그 반대되는 말을 하지 않았었고, 물론 그레고르 또한 그것에 대해 그에게 물어보지 않았었다.

그 당시 그레고르의 관심은 모두를 완전한 절망으로 몰아넣은 사업상의 불행을 가족으로 하여금 가능한 한 빨리 잊도록 하는 일에 온 힘을 쏟는 것이었다. 그래서 그 때 그는 특별하게 열심히 일했으며, 거의 별안간에 보잘 것 없는 점원에서 출장중개인이 되었다. 물론 이 직책은 아주 다른 돈벌이 가능성을 약속했고, 일의 결과는 즉시 수수료의 형식으로 현금이 되었는데, 이 돈을 집에서 탁자 위에 올려놓으면 가족들은 놀라워하며 행복해 했다. 좋은 시절이었다. 비록 그 후 그레고르가 가족들의 지출을 감당할 수 있고 또 감당하는 정도의 돈을 벌었지만, 그 좋은 시절은 그 뒤로 적어도 그토록 찬란하게는 결코 한 번도 되풀이되지 못했다. 모두들 그것에 적응했었다, 가족들도 그레고르도 그랬다. 모두들 감사하며 돈을 받았고, 그레고르는 돈을 기꺼이 내놓았으나 더 이상 특별한 온정이 생겨나진 않았다. 그레고르에게는 단지 누이만이 마음에 가깝게 여겨졌다. 자신과는 달리 음악을 아주 좋아하고 바이올린을 감동적으로 연주하는 그녀를 ─ 다른 방법으로 보충해야 하는, 앞으로 들게 될 엄청난 비용을 상관하지 않고 ─ 내년에 음악학교에 보내려는 것이 그의 비밀스런 계획이었다. 그레고르가 집에 잠시 머물 때면 종종 누이와의 대화에서 음악학교가 언급되었으나, 언제나 그저 아름다운 꿈으로 얘기되었을 뿐, 그 꿈의 실현은 생각해볼 수 없는 것이었다. 그리고 부모들은 이 순진한 얘기를 듣는 걸 결코 좋아하지 않았다. 그러나 그레고르는 그것을 매우 확고하게 마음먹고 있었고, 성탄절 전날 밤에 엄숙하게 밝히려 하고 있었다.

그가 거기에 똑바른 자세로 문에 바짝 붙어 엿듣고 있을 때, 지금 상황에선 전혀 쓸모없는 그런 생각들이 머리를 스쳐 지나갔다. 때때로 너무 피곤하여 더 이상 귀를 기울일 수 없었고, 부주의하여 머리를 문에다 부딪혔으나, 당장 머리를 똑바로 세웠다. 그렇게 하여 생기는 작은 소리조차도 옆방에서 듣게 되어 모두에게 말을 그치도록 했기 때문이다. 잠시 후 문 쪽으로 몸을 돌리며 「저 녀석이 뭘 하는 거지?」라고 아버지는 말했으며, 그런 다음에서야 중단된 대화가 점차 다시 시작되었다.

이제 그레고르가 충분히 알게 된 것은 ― 그럴 것이 아버지는 설명을 하면서 종종 반복하곤 했는데, 한편으론 그가 오랫동안 이 일에 대해 생각해보지 않았기에, 다른 한편으론 어머니가 모든 걸 처음 말할 때 그 즉시 알아듣지 못했기 때문이었다 ― 모든 불행에도 불구하고, 물론 아주 적지만, 오래 전의 재산이 아직까지 남아 있으며, 손대지 않은 이자가 이 재산을 약간 불려 놓았다는 것이다. 그 밖에도 그레고르가 매달 집으로 보낸 돈이 — 그는 자신을 위해서는 몇 굴덴만을 가졌다 — 다 써 없어지지 않고 약간의 자금으로 모여 있었다. 그레고르는 그의 방 문 뒤에서 열심히 머리를 끄덕였고, 이 기대하지 않은 사려 깊음과 절약에 대해 기뻐했다. 사실 그는 이 여분의 돈으로 사장에게 진 아버지의 빚을 더 많이 갚아 나갈 수 있었을지도 모르며, 또 회사에서의 자신의 자리에서 벗어날 수 있는 그 날이 더욱 가까워졌을지도 모른다. 하지만 지금은 아버지가 해놓은 일이 더 낫다는 것이 분명했다.

그러나 이 돈은 가족들이 예컨대 그 이자로 살아가기에는 전혀 충분치 않았다. 기껏해야 2년 정도 가족을 부양하기에는 충분할지 모르나, 그 이상은 아니었다. 따라서 그 돈은 정말 손대어서는 안 되는 금액이었고, 비상시를 대비해 남겨 두어야 했다. 생활을 위한 돈은 벌어야 했다. 하지만 아버지는 지금은 건강하긴 해도, 이미 5년간이나 아무 일도 안 했고, 또한 어쨌든 크게 자신감을 가질 수는 없는 노인이었다. 그는 고생스러웠으나 성공치 못한 삶에서의 첫 휴식기간인 이 5년 동안 살이 많이 쪘고, 그래서 몸이 많이 둔해졌다.

그렇다면 천식을 앓고 있고, 집 안을 걷는 것만으로도 힘들어 하며, 이틀마다 호흡곤란으로 열린 창문 옆의 소파에서 지내는 늙은 어머니가 돈을 벌어야 하는 건가? 그리고 17살로 아직 어리며, 말쑥하게 차려입고, 잠을 많이 자고, 살림을 돕고, 이런저런 얌전한 놀이에 열심이고, 무엇보다 바이올린을 연주하는 것이 지금까지의 삶의 방식인 누이가 돈을 벌어야 하는가? 돈을 벌어야 한다는 얘기가 나오면, 그레고르는 처음에는 언제나 문들을 열어놓고는 문 옆의 서늘한 가죽 소파에 몸을 던졌다. 부끄러움과 슬픔으로 몸이 매우 뜨거웠기 때문이다.

그는 종종 긴 밤 내내 그곳에 누워서 한 순간도 잠을 자지 않고, 그저 몇 시간 동안 소파의 가죽을 긁어댔다. 또는 의자를 창문으로 밀고, 그런 다음 창문 아래의 벽을 기어올라 몸을 의자에 받친 채 창문에 기대고서 — 분명 예전에 적절한 때에 찾아와 그에게 해방감을 주었던 — 그 어떤 것을 기억해내며 창밖을 내다보는 수고를 마다하지 않았다. 그럴 것이 정말로 그는 나날이 단지 조금 떨어져 있는 것들이 점점 불분명하게 되어가는 걸 알았기 때문이다. 너무 자주 보여서 이전에는 저주를 퍼부은 맞은편 병원이 더 이상 보이지 않았다. 만일 조용하지만 매우 도회지풍인 샤롯데 거리에 자신이 거주하고 있다는 걸 명확히 알지 못하기라도 했다면, 잿빛 하늘과 회색 대지가 구분되질 않을 정도로 하나가 된 어떤 황량한 곳을 창문으로 바라보고 있다고 믿을 수도 있었을 것이다. 누이는 방청소를 한 뒤엔 매번 의자를 정확히 다시 창문으로 밀었으며, 또 이 때부터는 날개창문의 안쪽 문을 열어 놓기까지 했다. 이런 일이 있는 동안에 주의 깊은 그녀가 의자가 창문 옆에 있는 것을 볼 수 있었던 것은 단지 두 번 뿐이었다.

만일 누이와만 얘기를 나눌 수 있게 되어 그녀가 그를 위해 해야 했던 모든 것에 대해 고마워 할 수 있었다면, 그레고르는 그녀의 수고를 보다 쉽게 견뎠을 것이다. 그런 까닭에 그는 그 일로 괴로워했다. 물론 누이는 그 모든 수고에 따르는 고통을 가능한 한 지워버리려고 했으며, 시간이 흘러가면 갈수록 그것은 자연히 그만큼 더 성공적이었다.

그러나 그레고르는 시간이 흐르면서 모든 걸 훨씬 더 정확하게 간파하게 되었다. 그녀가 방 안으로 들어오는 것만으로도 그에게는 경악스러운 것이었다. 그녀는 안으로 들어오자마자 평소에는 어느 누구에게도 그 방을 보지 못하도록 주의를 기울였으나, 이제는 문을 닫을 겨를도 없이 곧장 창문으로 달려가서 마치 거의 질식이라도 하는 것처럼 손으로 재빨리 창문을 열어젖혔으며, 그리곤 아주 추웠지만 잠시 창가에 머무르면서 깊은 숨을 몰아쉬었다. 이 같은 줄달음질과 소란으로 그녀는 그레고르를 매일 두 번씩 놀라게 했다.

그러는 동안 내내 그는 소파 밑에서 전율하고 있었다. 하지만 그레고르는 만일 그녀가 그가 지내는 방에서 창문을 닫은 채 머물 수만 있었다면, 분명 그녀는 기꺼이 그에게 그런 일이 일어나지 않게 했으리라는 걸 아주 잘 알고 있었다.

그레고르의 변신이 있은 지 이미 한 달이 지났고, 그리고 그의 모습에 놀라는 일이 이미 누이에게는 결코 특별한 일이 될 수 없게 된 어느 날, 그녀는 평소보다 조금 일찍 와서 그레고르를 보게 되었다. 그는 움직이지 않고 놀랄 정도로 똑바로 서서 창밖을 내다보고 있었다. 그가 서 있는 것은 그녀가 즉시 창문을 여는 걸 방해했기에, 만일 그녀가 들어오지 않았다 할지라도 그게 그레고르에게는 예기치 못한 일은 아니었을 것이다. 그런데 그녀는 들어오지 않았을 뿐만 아니라, 뒤로 물러서기까지 했고, 문을 닫아버렸다. 제 3자가 보았다면, 그레고르가 그녀를 노리고 있다가 물어버리려 했다고 생각할 수도 있었을 것이다. 그레고르는 물론 즉시 소파 밑에 몸을 숨겼으며, 누이가 다시오는 정오까지 기다려야 했다. 그녀는 평소보다 훨씬 더 불안해하는 것 같아 보였다. 이 일로 그레고르는 자신의 모습이 그녀에게 여전히 견디기 어렵고, 앞으로도 그럴 수밖에 없을 것이며, 또한 그가 소파 밑에서 내보이는 신체의 작은 일부분만일지라도 이를 보고 도망가지 않으려면 그녀가 아마도 자기 자신을 많이 극복해야만 한다는 걸 알게 되었다.

어느 날 그는 그녀에게 몸의 그런 일부분마저도 보여주지 않으려고 등을 바닥에 대고 아마천을 소파 위로 가져가서 그의 몸이 완전히 덮이도록 — 그는 이 일을 위해 네 시간을 사용했다 — 그리고 누이가 몸을 굽히는 경우에라도 그를 볼 수 없도록 해놓았다. 만일 그녀의 생각에 이 아마천이 필요 없는 것이라면, 그녀는 이것을 치워버릴 수 있을 것이다. 그럴 것이 그레고르가 자신의 몸을 그토록 완전히 차단하는 것을 좋아할 리가 없다는 것은 아주 명백했기 때문이다. 하지만 그녀는 아마천을 있는 그대로 내버려 두었다. 그레고르는 누이가 이 새로운 조치를 어떻게 받아들이는가를 살펴보기 위해 머리로 조심스럽게 아마천을 한 번 약간 쳐들었을 때, 누이의 어떤 고마워하는 표정까지도 알게 되었다고 여겼다.

처음 두 주일 동안 부모는 그에게로 들어갈 결심을 하지 못했다. 그레고르는 부모가 그들에게 누이가 별반 도움이 안 된다고 여겨 지금까지는 그녀에게 자주 화를 내었다면, 누이가 지금 하고 있는 일은 완전히 인정하고 있다는 말을 종종 들었다. 하지만 아버지와 어머니 두 사람은 자주 누이가 청소하는 방 앞에서 기다리곤 했다. 누이는 나오자마자 방 안은 어떠하며,

그레고르가 무엇을 먹었고, 이번에는 어떤 행동을 했으며, 그리고 혹 약간의 호전의 기미를 볼 수 있었는지에 대해 아주 자세하게 이야기해야 했다.

한편 어머니는 비교적 빨리 그레고르를 만나 보길 원했다. 그러나 아버지와 누이는 처음에는 ― 그레고르가 매우 주의 깊게 들었고, 또 그가 완전히 동의한 이성적인 근거를 대면서 ― 그녀를 만류했다. 하지만 나중엔 힘으로 만류해야 했다. 그런 뒤 그녀가 「그레고르에게 가게 해줘요, 저 아이는 불행한 내 아들이라오! 내가 저 애에게 가야 한다는 걸 정말 모른단 말이오?」라고 외쳤을 때, 그레고르는 만일 어머니가 들어온다면, 물론 매일은 아니지만, 대략 일주일에 한 번이라도 들어온다면 좋지 않을까 하고 생각했다. 많은 용기에도 불구하고 아이에 지나지 않으며, 근본적으로는 어쩌면 단지 아이 같은 경박함에서 그토록 어려운 임무를 떠맡은 누이보다는 어머니가 모든 걸 훨씬 더 잘 이해하고 있었던 것이다.

어머니를 보고 싶어 하는 그레고르의 바람은 곧 이뤄졌다. 낮 동안 그레고르는 부모를 배려하여 창문에 모습을 보이려고 하지 않았으며, 그렇다고 몇 평방미터의 마루 바닥에서 많이 기어 다닐 수도 없었다. 이미 그는 밤 동안에는 가만히 누워 있는 걸 힘들어했다. 음식은 이내 더 이상 조금치도 만족스럽지 못했다. 그래서 그는 심심하여 벽과 천정을 이리저리로 기어 다니는 습관을 갖게 되었다. 특별히 천정에 매달려 있는 걸 좋아했다. 그것은 바닥에 누워 있는 것과는 아주 달랐다. 더 편하게 숨을 쉬었으며, 가벼운 진동이 몸을 타고 지나갔다. 저 위에서 갖게 되는 거의 행복하다 할 무념상태에서 그레고르는 천정으로부터 몸을 떼어 바닥으로 찰싹하고 떨어질 수 있었는데, 이는 자신도 놀랄 일이었다. 하지만 이제 그는 이전과는 완전히 달리 자신의 몸을 통제할 수가 있어서 심한 낙하에도 몸을 다치지 않았다.

누이는 그레고르가 자신을 위해 발견한 이 재미난 놀이를 ─ 그는 기어 다니면서 이곳저곳에 끈적끈적한 물질의 흔적을 남겨 놓았다 ─ 금방 알아보았으며, 그러기에 그녀는 그레고르가 마음껏 기어 다닐 수 있게 하고, 또 이에 방해가 되는 가구들, 그러니까 무엇보다 장롱과 탁자를 치우려는 결심을 했다. 하지만 이 일은 혼자서는 할 수가 없었다. 아버지에게는 감히 도와달라고 할 수 없었으며, 하녀는 분명 그녀를 돕지 않았을 것이다. 왜냐면 대략 16살인 그 하녀는 이전의 하녀가 그만 둔 뒤로 용감하게 잘 버티고 있으나, 부엌을 항시 폐쇄해 놓아도 되고, 다만 특별한 부름이 있을 때에는 열면 되는 특전을 달라고 했었기 때문이다. 그래서 누이에게는 아버지가 없을 때에 어머니를 불러오는 것 말고는 방법은 없었다.

어머니는 한껏 고조된 기쁨을 큰 소리로 외치며 다가왔지만, 그레고르 방 문 앞에서 입을 다물었다. 물론 누이는 먼저 방 안의 모든 것이 문제가 없는지 살폈으며, 그런 다음에서야 어머니를 들어오게 했다. 그레고르는 화급히 아마천을 한층 더 깊고 더 많이 주름지게 했는데, 정말로 그 전체의 모습은 소파 위에 우연히 던져진 아마천처럼 보였다. 그리고 그레고르는 이번에는 아마천 밑에서 엿보는 일은 그만두었고, 어머니 보는 것을 이번만큼은 포기했으며, 다만 그녀가 온 것에 대해 기뻐했다. 「들어오세요, 오빠 안 보여요.」라고 누이가 말했는데, 그녀가 어머니의 손을 잡고 안내하는 것이 분명했다. 그레고르는 연약한 두 여자가 낡고 무겁기만 한 장롱을 옮기는 소리를, 그리고 혹사당할까봐 걱정하는 어머니의 경고를 듣지도 않고 누이가 일의 대부분을 계속 혼자 감당하는 소리를 들었다.

일은 매우 오래 계속되었다. 아마 15분쯤 지났을 무렵 어머니는 장롱을 오히려 이곳에 그대로 놓아두어야 한다고 말했다. 첫째는 장롱이 너무 무거우며, 또 아버지가 오기 전에는 일을 끝내지 못하게 되는데, 그렇게 되면 방 한가운데 있게 되는 장롱이 그레고르가 다니는 모든 길을 가로막기 때문이라는 것이다. 둘째는 장롱을 치우는 것이 그레고르의 맘에 든다는 것은 결코 확실치 않아서라는 것이다. 그녀의 생각으론 실제의 상황은 그 반대라는 것이다. 비어 있는 벽을 보면 가슴이 압박받는 느낌이 드는데, 그레고르라고 해서 그런 느낌을 갖지 말라는 법이 있느냐는 것이다. 그럴 것이 그가 방 안의 가구들에 오래 전부터 익숙해 있어 자신이 빈 방에 버려져 있다는 느낌을 갖게 될 일이기 때문이라는 것이다. 「그러면 이렇게 되지 않겠니. 마치 우리가 가구를 치움으로써 회복되리라는 모든 희망을 포기하고, 그 아이를 무정하게 그 자신에게 맡긴다는 걸 보여주는 것이 되지 않겠니. 나는 이것이 최상이라 생각한다. 방을 정확히 예전의 상태로 보존하는 것 말이다. 그레고르가 다시 우리에게 돌아와서 모든 것이 변함없다는 걸 알고 그만큼 쉽게 그동안의 시간을 잊을 수 있도록.」이라고 어머니는 — 그녀는 그레고르가 정확하게 어디에 있는지를 몰랐다 — 마치 그가 목소리의 울림마저도 듣게 되는 걸 막으려 하는 듯 거의 속삭이는 것처럼 아주 작은 소리로 말을 끝냈다. 그녀는 그가 말을 알아듣지 못한다고 확신하고 있었기 때문이다.

어머니의 이러한 말을 들으면서 그레고르는 —가족들 한가운데 자리잡고 있는 단조로운 생활과 연관된 — 직접적이고 인간적인 대화의 결여가 지난 2개월 동안 그의 이해력을 혼란케 할 수밖에 없었다는 것을 알게 되었다. 그럴 것이 그가 자신의 방이 비워지기를 진심으로 원할 수가 있었던 것은 방금 말한 것과 다른 이유로는 스스로에게 설명할 수가 없었기 때문이다. 정말 그는 포근한 그 방, 물려받은 가구들이 아늑하게 갖춰진 그 방을 동굴로 바꾸게 하고 싶은 걸까? 그렇게 되면 어떤 방향이든 방해받지 않고 기어 다닐 수 있겠지만, 이와 동시에 그의 인간적인 과거는 빨리, 완전히 잊히는 그런 동굴로 말이다. 지금 그는 이미 거의 망각할 뻔 하고 있었다. 그런데 오랫동안 듣지 못한 어머니의 목소리가 그를 뒤흔들었다. 그 어떤 것도 치워서는 안 된다. 모든 것은 그대로 있어야 한다. 가구들이 그의 상태에 미치는 좋은 영향을 포기할 수는 없다. 가구들이 그가 마구 이리저리 기어 다니는 걸 방해한다면, 그것은 해악이 아니라 큰 이득인 것이다.

하지만 유감스럽게도 누이는 다른 의견을 가지고 있었다. 물론 그럴 권리가 아주 없는 것은 아니지만, 그녀는 그레고르 문제를 상의할 때 부모에 비해 자신이 특별히 정통한 사람으로 처신하는 것에 익숙해 있었다. 그런 까닭에 이 때에도 어머니의 충고는 누이에게는 장롱과 책상뿐만 아니라 — 누이는 처음에는 이것들만을 생각했다 — 없어서는 안 되는 소파만을 제외한 모든 가구들을 치울 것을 요구하는 충분한 동기가 되었다. 물론 그녀가 그런 요구를 하게 된 것은 어린 아이 같은 반항심만은 아니었다. 최근에 와서 — 그렇게 되리라고는 예기치 못했으나 — 힘들게 얻게 된 자신감에서 나온 것이기도 했다. 사실은 그녀 또한 그레고르가 기어 다니는 데에 많은 공간이 필요하다는 것, 하지만 그 반면에 분명 가구들은 조금도 이용하지 않는다는 것을 관찰했었다. 그러나 어쩌면 그레고르의 상황을 한층 더 경악스럽게 만들어 그를 위한 일을 지금까지보다 더 많이 해보려는 — 기회만 주어지면 언제라도 충족하고 싶고, 또 그레테가 지금 유혹당하고 있는 — 그녀 나이 또래 소녀의 공상적인 생각 또한 함께 작용했는지도 모른다. 그럴 것이 그레고르혼자만이 빈 벽들을 장악하고 있는 방 안으로는 그레테 말고는 어느 누구도 감히 들어가려 하지 않을 것이기 때문이다.

그리하여 이 방에서도 심한 불안감으로 위태로워보이는 어머니는 누이의 결심을 꺾을 수 없었는데, 곧 입을 다물고서 장롱을 치우는 그녀를 힘껏 도왔다. 이제 그레고르는 비상상황에서는 장롱 없이도 지낼 수 있지만, 책상은 그대로 있어야 했다. 그들이 낑낑대면서 장롱에다 몸을 밀착하여 그것을 붙들고서 방을 막 떠나려 했을 때, 그레고르는 어떻게 하면 조심스럽고도 가능한 한 사려 깊게 개입할 수 있을런지 알아보려고 머리를 소파 밑으로부터 내밀었다. 그런데 그레테가 옆방에서 장롱을 붙든 채 옮기지도 못하고 혼자서 이리저리 흔들고 있는 동안에 먼저 되돌아온 사람은 불행하게도 하필이면 어머니였다. 어머니는 그레고르의 모습에 익숙하지 못했는데, 만일 보았으면 견딜 수 없었을 것이다. 그래서 그레고르는 경악하면서 뒷걸음질 쳐서 소파 밑으로 서둘러 갔으나, 아마천이 앞쪽으로 약간 움직이는 걸 더는 저지할 수 없었다. 그것은 어머니의 주의를 끌기에 충분했다. 그녀는 걸음을 멈추고, 잠시 조용히 서 있었으며, 그런 다음 그레테에게로 되돌아갔다.

그레고르는 어떤 심상치 않은 일은 일어나지 않을 것이며, 그저 가구 몇 개를 옮기는 것이라고 계속 혼잣말을 했음에도 불구하고, 스스로에게 곧 인정할 수밖에 없듯이 여자들이 오가는 것, 그들이 작은 소리로 서로를 부르는 것, 가구들이 바닥에 긁히는 소리는 사방에서 다가오는 큰 소동처럼 그에게 영향을 끼쳤다. 그는 머리와 다리들을 몸에 아주 꽉 끌어당기고, 또 몸을 바닥에 아주 세게 누르고 있지만, 그 모든 걸 더 이상은 견뎌내지 못하리라 생각할 수밖에 없었다.

그들은 그의 방을 비워버렸다. 그가 좋아하는 모든 것을 그에게서 빼앗았으며, 실톱과 다른 도구들이 있는 장롱을 이미 밖으로 가지고 나갔다. 이제 그들은 그

가 고등 상업전문학교 학생, 실과학교 학생, 심지어 초
등학교 학생으로 숙제를 했던, 바닥에 단단히 박혀 있
는 책상을 풀어서 떼어냈다. 이 때 그는 정말로 두 여
자의 좋은 의도를 헤아려 볼 겨를이 더 이상 없었고,
게다가 그들이 있다는 것을 거의 잊고 있었다. 그들이
너무 지쳐서 말없이 일을 했기 때문이었다. 단지 그녀
들의 더듬더듬거리며 걸어가는 무거운 발소리만이 들
렸다.

그리하여 그는 소파 밑에서 불쑥 나왔는데 ― 여자
들은 바로 그 때 옆방에서 한 숨을 돌리려고 책상에
몸을 기대고 있었다 ― 가는 방향을 네 번이나 바꿨으
며, 정말로 먼저 무엇부터 구해야 할 지 몰랐다. 그
순간 그에게는 이미 비어 있는 벽에 오로지 모피 제품
으로만 치장한 여인의 사진이 걸려 있는 것이 유난히
눈에 띄었다. 서둘러 기어 올라가서 사진의 유리에 달
라붙었는데 유리는 그를 꽉 붙들어주고, 뜨거운 배를
기분 좋게 해주었다. 적어도 그레고르가 지금 완전히
가리고 있는 이 사진만큼은 분명 어느 누구도 빼앗아
가지 못하리라. 그는 여자들이 되돌아오는 걸 관찰하
기 위해 머리를 거실 문 쪽으로 돌렸다.

그들은 휴식을 오래 취할 수 없었고, 이내 돌아왔
다. 그레테는 팔로 어머니를 껴안고 그녀를 거의 나르
다시피 했다. 그레테는 「그러면 이제 뭘 가져갈까?」라

고 말하며 주위를 돌아보았다. 이 때 그녀의 시선이 벽에 있는 그레고르의 시선과 교차했다. 단지 어머니가 있다는 것 때문에 그녀는 평정을 유지했고, 어머니가 돌아보는 걸 막기 위해 자신의 얼굴을 어머니에게로 숙였다. 그리고 그녀는 물론 몸을 떨며 생각할 겨를도 없이 「잠깐 거실로 되돌아가는 게 더 좋지 않을까요?」라고 말했다 그레테의 의도는 그레고르에게는 분명했다. 그녀는 어머니를 안전하게 해놓고, 그런 다음 그를 몰아서 벽에서 내려오게 하려고 한 것이다. 그래, 그녀는 어떻든 그렇게 할 수 있으리라! 하지만 사진 위에 앉아서 그것을 내주지 않을 것이다. 차라리 그레테의 얼굴로 뛰어내리리라.

그러나 그레테의 말은 어머니를 매우 불안케 했다. 그녀는 옆쪽으로 갔으며, 꽃무늬 벽지에 묻어 있는 엄청나게 큰 갈색 얼룩을 보았고, 자신이 보고 있는 것이 그레고르라는 걸 제대로 의식하기도 전에 둔탁하면서도 절규하는 목소리로 「아이고 맙소사, 아이고 맙소사!」라고 외치며, 마치 모든 걸 포기하는 것처럼 팔을 활짝 뻗은 채 소파 위에 쓰러져 꿈쩍도 하지 않았다. 「그레고르 오빠!」라고 누이는 주먹을 치켜들고 쏘아보는 눈을 하며 외쳤다. 그것은 그녀가 그레고르의 변신 이래 그를 향해 직접적으로 하는 첫 말이었다. 그녀는 어머니를 실신상태에서 깨어나게 하는 어떤 약물을 가져오기 위해 옆방으로 뛰어갔다. 그레고르도 도우려 했으나 ― 사진을 지켜내는 일은 아직 시간이 있었다 ― 자신이 유리에 단단히 붙어 있어서 억지로 몸을 떼어내어야 했다. 그런 다음 마치 누이에게 예전처럼 어떤 충고를 할 수 있는 것처럼 그도 옆방으로 갔으나, 아무런 행동도 하지 않고 그녀 뒤에 서 있어야 했다. 누이는 여러 가지 병들을 뒤적거리다 깜짝 놀라 몸을 돌렸다. 병 하나가 바닥에 떨어져 깨졌다. 파편이 그레고르 얼굴에 상처를 입혔고, 부식시키는 어떤 약물이 그의 주위에 흐르고 있었다. 그레테는 더 이상 머물지 않고, 잡을 수 있는 한 많은 병들을 들고서 어머니에게로 달려갔다. 그녀는 문을 발로 세차게 닫았다.

이제 그레고르는 자기 때문에 죽음 가까이 있을지도 모르는 어머니로부터 차단되어 있었다. 그는 문을 열어서는 안 되었으며, 어머니 곁에 머물러 있어야 하는 누이를 몰아내려고도 하지 않았다. 지금 그가 할 일이라곤 기다리는 것 뿐이었다. 그는 자책과 걱정으로 괴로워하며 기어 다니기 시작했고, 모든 것, 벽들, 가구들, 천정을 기어 다녔으며, 마침내 방 전체가 그의 주위에서 빙글빙글 돌기 시작하자 절망하면서 중앙에 있는 큰 탁자 위로 떨어졌다.

시간이 조금 흘렀다. 그레고르는 기진맥진하여 거

기에 누워 있었고, 주위는 조용했는데, 어쩌면 이는 좋은 징조였을지 모른다. 그 때 초인종 소리가 울렸다. 물론 하녀는 부엌에 붙박여 있어 그레테가 열어주러 가지 않으면 안 되었다. 아버지가 왔다. 「무슨 일이야?」가 그의 첫 말이었다. 그레테의 모습은 그에게 모든 걸 말해주었을 것이다. 그레테는 어두운 목소리로 대답했는데, 얼굴을 아버지 가슴에 갖다 댄 것 같아 보였다. 「엄마가 탈진했어요, 하지만 좋아질 거예요. 그레고르 오빠가 밖으로 나왔어요.」라고 말했다. 아버지는 「그럴 줄 알았어. 내가 늘 말했는데 여자들은 들으려 하질 않는단 말이야.」라고 했다. 그레고르의 생각으론, 아버지가 그레테의 너무도 짧은 보고를 나쁘게 해석하여 자신이 어떤 폭력행위를 저지른 것으로 여기는 것이 분명했다. 그런 때문에 그레고르는 지금 아버지가 진정되도록 애써야 했다. 그에게는 아버지에게 설명할 시간도 가능성도 없기 때문이다. 그리하여 그는 자기 방 문으로 피하여 몸을 문에 밀착시켰다. 그가 당장 자신의 방 안으로 돌아가려는 최선의 의도를 갖고 있다는 것, 그리고 그를 방 안으로 돌아가도록 몰아대는 것이 필요한 것이 아니라 그저 문을 열어주면 된다는 것, 그러면 그가 금방 사라질 거라는 것을 아버지가 현관에서 들어오는 그 즉시 볼 수 있도록 하기 위해서였다.

그러나 아버지는 그런 섬세한 것을 알아차릴 기분
이 아니었다. 그는 들어오면서 곧바로「아!」하고 마
치 격분하는 동시에 기쁘기라도 한 듯한 어조로 소리
쳤다. 그레고르는 머리를 문으로부터 되돌려 아버지
를 향해 쳐들었다. 그러니까 그는 정말로 지금과 같은
그런 상태에 있는 아버지를 생각해본 적이 없었던 것
이다. 물론 최근에 그는 새로운 방식으로 기어 다니느
라 집안의 다른 곳에서 일어나는 일에 예전만큼은 신
경 쓰지 못했는데, 사실은 달라진 상황에 맞닥뜨리게
될 것에 대해 대비를 하고 있어야 했다. 그렇긴 하지
만, 그렇긴 해도 저 사람이 그 아버지란 말인가? 그가
예전에 그레고르가 영업여행을 떠날 때면 피곤하여
침대에 파묻혀 있고, 귀가하는 저녁 때면 잠옷을 입고
등받이 의자에서 그를 맞이하긴 했으나 전혀 제대로
일어서지도 못하고 다만 반가움의 표시로 두 팔을 치
켜들었던 그 사람이란 말인가? 그리고 일 년 중의 몇
번의 일요일과 몇몇 가장 큰 공휴일에 간혹 함께 산보
를 할 때, 원래 천천히 걷는 그레고르와 어머니 사이
에서 낡은 외투를 입고서 언제나 그들보다 좀 더 천천
히, 그리고 항시 조심스럽게 세운 환자용 지팡이를 짚
고서 겨우 자기 앞으로 나아갔던 그 사람, 또한 뭔가
말하려고 할 때면 거의 언제나 가만히 서서 동행자들을
자기 주위에 불러 모았던 그 사람이란 말인가?

하지만 이제 그는 아주 활기에 넘쳐 있었고, 은행의 급사가 입는 것과 같은 금단추가 달린 빳빳한 파란 제복을 입고 있었으며, 윗도리의 풀 먹인 높은 깃 위에는 억센 이중턱이 나와 있었다. 숱이 많은 눈썹 밑에선 검은 두 눈에서 생생하고 주의 깊은 시선이 새어나오고 있었다. 평소에는 마구 헝클어져 있던 흰 머리카락들은 아주 정확하고 빛이 나는 가르마 머리 모양으로 빗질하여 내려져 있었다. 그는 금빛 모노그람이 — 아마도 은행의 것으로 보이는 — 부착된 모자를 던졌는데, 모자는 포물선을 그리며 온 방을 지나 소파 위로 날아갔다. 그리고는 긴 제복 윗도리의 소매는 걷고, 두 손은 바지주머니에 넣고서 경직된 얼굴로 그레고르를 향해 걸어왔다. 그는 자기의 의도가 무엇인지를 그 자신도 모르는 것 같았다. 어떻든 그는 두 팔을 유난히 높이 들었는데, 그레고르는 그의 장화 밑창이 엄청나게 큰 것에 놀랐다. 그는 그곳에 머물러 있지 않았다. 왜냐면 아버지가 자기를 아주 엄격하게 대하는 것이 옳다고 여긴다는 걸 그레고르는 자신의 새로운 삶이 시작된 첫날부터 알고 있었기 때문이다. 그래서 그는 아버지의 앞쪽에서 달려갔으며, 아버지가 멈춰서면 그도 멈췄고, 아버지가 움직이기만 해도 그는 벌써 다시금 서둘러 앞으로 나아갔다.

그런 방식으로 그들은 — 어떤 결정적인 일이 일어

나지 않고, 또 이 모든 일이 느린 속도로 이뤄지고 있기에 추적한다는 모습을 보이지도 않으면서 — 여러 번 방 주위를 돌았다. 또한 그레고르는 아버지가 벽이나 천정으로 도망하는 걸 아주 좋지 않은 것으로 여길 수도 있다는 염려에서 일단은 바닥에 머물러 있었다. 물론 그레고르는 이런 달리기조차 오래 지속되지는 않으리라 생각할 수밖에 없었다. 아버지가 한 걸음 가면, 그는 수없이 많이 움직여야 했기 때문이다. 그는 예전에도 아주 믿을 만한 폐를 가지지 못했던 것처럼 호흡곤란이 이미 나타나기 시작했다. 달려가기 위해 온 힘을 모으려고 비틀거리며 갈 때 눈은 거의 뜨지 못했다. 그는 기력이 없는데도 달리는 것 이외의 다른 구원은 전혀 생각치 않았다. 그는 그곳에 모서리와 뾰족한 것이 많은, 세심하게 조각된 가구들로 막혀 있었던 벽들이 자기를 위해 비어 있다는 것을 이미 거의 잊고 있었던 것이다.

그러던 그 때 가볍게 던져진 어떤 무언가가 그의 바로 옆으로 날아와서 떨어지더니 앞에서 굴러갔다. 그것은 사과였다. 곧바로 두 번째 사과가 그에게로 날아왔다. 그레고르는 놀라서 멈춰 서 있었다. 계속 달려간다는 것은 소용없었다. 아버지가 그에게 마구 던지려고 결심했기 때문이다. 그는 음식 조리대 위의 과일 쟁반에서 과일을 주머니마다 채우고는 우선은 정확히 조준도 하지 않고 계속하여 사과를 던졌다. 이 조그맣고 붉은 사과들은 흥분되어 스스로 움직이는 듯이 바닥에서 이리저리 굴렀고, 또 서로 충돌하였다. 약하게 던진 사과 하나가 그레고르의 등을 스쳤으나, 상처는 입히지 않고 떨어졌다. 그 대신 바로 다음에 날아오는 사과가 그레고르의 등 안으로 제대로 뚫고 들어갔다. 마치 뜻밖의 엄청난 고통이 장소를 옮기면 사라질 수 있기라도 하는 것처럼 그레고르는 자기 몸을 계속 질질 끌고 가려 했다. 그러나 그는 자신이 못에 박혀 옴짝달싹하지 못하는 것처럼 느꼈으며, 모든 감각들이 완전히 혼란되는 가운데 몸을 쭉 뻗었다. 그의 마지막 시선은 자기 방의 문이 열려지고, 어머니가 외마디를 지르고 있는 누이의 앞에서 속옷 바람으로 서둘러 달려 나오는 것을 보았다. 그럴 것이 누이가 실신했던 어머니에게 숨을 자유롭게 쉬도록 옷을 벗겨놓았었기 때문이었다. 그런 다음엔 어머니가 아버지를 향해 달려가고 그 길에 풀어진 치마와 속옷들이 하나씩 하나씩 바닥에 떨어지는 것을 보았으며, 또한 그녀가 치마들에 걸려 넘어지면서 아버지에게 달려들어 껴안고 그와 완전히 하나가 된 채 — 하지만 이제 그레고르는 시력을 이미 잃어가고 있었다 — 두 손을 아버지 뒷머리에 대고서 그레고르의 목숨을 살려달라고 애걸하는 것을 보았다.

III

그레고르가 한 달 넘게 고통당하고 있는 심한 부상
은 — 사과는 어느 누구도 제거하려고 하지 않았기에
살에 박혀 있었다 — 지금 그가 비참하고 역겨운 모습
을 하고 있지만 원수처럼 대해서는 안 되는 가족의 일
원이며, 혐오감을 억누르면서 견디고 또 견디는 것이
가족이 지켜야 할 의무의 계명임을 아버지에게조차도
상기시키게 한 것 같았다.

그레고르가 상처 때문에 활동성을 아마도 영원히
잃어버려 당분간은 자기 방을 가로지르는 데에 늙은
부상병처럼 오래고 오랜 시간이 필요해도 — 높은 곳
을 기어다는 것은 생각해 볼 수 없었다 — 그가 생각하
기엔 자신의 상황이 그토록 악화된 것에 대해 아주 충
분한 보상을 받고 있었다. 그 보상이란 언제나 저녁쯤
이면 한 두 시간 전에 분명히 관찰하곤 했던 거실 문
이 열려져 그가 자기 방의 어둠 속에 누워 — 거실에서
는 그가 보이지 않고 — 불 켜진 탁자에 있는 가족 모
두를 보아도 된다는 것, 또한 말하자면 모두의 허락으

로, 그러니까 이전과는 완전히 달리 그들의 대화를 들어도 된다는 것이었다.

물론 그것은 그레고르가 작은 호텔방에서 피곤한 채 눅눅한 침대 안으로 몸을 던질 때면, 언제나 얼마쯤 갈망하며 생각한 예전의 활발한 대화는 더 이상 아니었다. 이제 가족들은 대개 매우 조용하게 지냈다. 아버지는 저녁 식사 후엔 의자에서 이내 잠들었고, 어머니와 누이는 서로에게 조용하라고 주의를 환기시켰다. 어머니는 등불 밑으로 몸을 많이 내밀고는 유행품 가게를 위해 고급 속옷을 바느질했고, 판매원 일자리를 갖게 된 누이는 어쩌면 훗날 더 나은 자리에 오르기 위해 저녁에 속기와 프랑스어를 공부했다. 가끔 아버지는 깨어난 다음 마치 자기가 잤다는 걸 전혀 모르는 듯 어머니에게 「오늘도 바느질을 오래도 하는군!」하고는 어머니와 누이가 피곤한 가운데 서로에게 미소를 보내는 사이 이내 다시 잠들었다.

아버지는 일종의 고집으로 집에서도 급사 제복을 벗는 걸 거부했다. 잠옷이 옷걸이에 그냥 걸려 있는데도 마치 아버지는 자신이 항시 일할 준비가 되어 있으며, 또한 이곳에서도 상사의 목소리를 기다리고 있기라도 하는 듯이 완전히 차려 입고 그의 자리에서 졸고 있었다. 그런 때문에 애초부터 새것이 아닌 제복은 어머니와 누이가 매우 세심한 주의를 기울였음에도 깨끗하지 못했다. 그레고르는 온통 얼룩이 묻어 있으나, 늘 닦여 있는 금빛단추들 때문에 빛이 나는 그 옷을 종종 저녁 내내 바라보곤 했는데, 그 노인은 그 옷을 입고 매우 불편하게, 하지만 평온하게 자고 있었다.

시계가 10시를 알리는 종을 치자 어머니는 조용히 말을 건네어 아버지를 깨우고, 그런 다음 잠자리로 가도록 설득하려 했다. 그곳에서는 제대로 된 잠을 잘 수 없기 때문이었다. 6시에 일을 시작해야 하는 아버지는 그런 잠이 꼭 필요했다. 하지만 그가 급사가 된 이래 갖게 된 고집으로 매번 잠이 들면서도 늘 한사코 탁자에 좀 더 머물러 있겠다고 했으며, 또한 이럴 경우 그를 의자에서 침대로 옮기려면 무척 많은 애를 써야 했다. 그러므로 어머니와 누이는 여러 차례 약한 경고를 하며 그를 심하게 압박했을지도 모른다. 그는 15분가량 천천히 머리를 흔들었으며, 두 눈을 감은 채 일어나지 않았다. 어머니는 그의 소매를 잡아 당겼고, 그의 귀에다 구슬리는 말을 했으며, 누이는 공부를 중단하고 어머니를 도왔으나 아버지에게는 소용이 없었다. 그는 한층 더 깊숙이 그의 의자 안으로 가라앉았다. 그는 여자들이 어깨 밑을 잡았을 때야 비로소 눈을 뜨고 어머니와 누이를 번갈아 쳐다보고는 「이것이 인생이야, 늙은 나의 휴식이고 말이야.」라고 말하곤 했다. 그는 두 여자에 의지하고서 마치 자신에게조차 엄청난 짐이 되기라도 하는 듯 느릿느릿 일어났으며, 두 여자에게 문에까지 부축하게 하더니 그곳에서 그만 두게 하고 혼자서 계속 걸어갔다. 그러는 사이 어머니는 바느질 도구를, 누이는 펜을 황급히 치우고는 아버지를 뒤따라가면서 계속 도와주었다.

이렇게 일에 힘겨워 하고 지쳐 있는 가족 가운데서 누가 무조건 필요 이상으로 그레고르를 돌봐줄 시간이 있겠는가? 살림은 점점 더 줄어들었고, 하녀는 이제 내보냈다. 가장 힘든 일은 머리 둘레에 흰 머리칼이 나부끼고 있는, 키 크고 뼈대가 굵은 하녀가 아침과 저녁에 와서 해주었지만, 어머니는 많은 바느질일 외에도 다른 모든 일을 맡아야 했다. 그레고르가 저녁에 가족 모두가 그들이 받고자 하는 가격을 상의하는 것에서 알게 되었듯이 가족들의 여러 가지 장신구를 — 예전에 어머니와 누이가 행사나 축제가 있을 때에 매우 행복해 하며 달고 다녔던 — 내다 파는 일조차 벌어졌다. 하지만 언제나 가장 큰 불만은 그레고르를 어떻게 옮겨야 할 지 도무지 생각이 나지 않기에 지금의 형편으론 너무 큰 이 집을 떠날 수가 없다는 것이었다. 그러나 이사를 방해하는 것은 비단 자신에 대한 고려만은 아니라는 걸 그레고르는 잘 알고 있었다. 몇 개의 공기 구멍이 뚫려 있는 적당한 상자로 그를 쉽게 운반해 갈 수도 있었기 때문이다. 오히려 가족들에게 이사를 방해하는 것은, 완전한 절망과 그 어떤 친척과 지인에게도 없었던 불행이 자신들에게 닥쳤다는 생각이었다.

세상이 가난한 사람들에게 요구하는 것을 그들은 최대한으로 해냈는데, 아버지는 하위직 은행원들에게 조반을 가져다주었고, 어머니는 다른 사람들의 속옷 바느질에 온 힘을 쏟았으며, 누이는 고객의 말에 따라 책상 뒤에서 이리 저리 뛰어다녔다. 그러나 가족들의 힘은 더 멀리까지는 미치지 못했다. 어머니와 누이가 아버지를 잠자리로 옮긴 후 일손을 놓고서 사이를 좁혀 뺨과 뺨을 맞대고 앉았을 때, 그리고 이 때 어머니가 그레고르의 방을 가리키며 「저 문을 닫아, 그레테.」라고 했을 때, 또한 그레고르가 다시 어둠에 잠겨 있는 동안 옆방에서 여자들이 함께 눈물을 흘리거나 혹은 전혀 눈물을 흘리지 않고 탁자를 물끄러미 보고 있을 때에도 등의 상처가 새롭게 그를 아프게 하기 시작했다.

그레고르는 여러 날 밤낮을 거의 전혀 자지 못한 채 보냈다. 가끔 그는 곧바로 문이 열리면 예전과 꼭 마찬가지로 다시 가족의 일을 책임지리라고 생각했다. 그의 머릿속에서는 오랜 시간이 지났는데도 다시금 사장과 지배인, 외무사원과 견습 사원들, 이해력이 많이 떨어지는 하인, 다른 회사 소속의 두 세 명의 친구들, 지방의 어떤 호텔 방 청소부 아가씨, 소중하지만 스쳐지나가는 기억, 진지하게는 했으나 너무 늦게 구혼한 모자 상점의 계산대 아가씨 — 이 모든 사람들이 낯선 사람들 또는 이미 잊혀진 사람들과 마구 뒤섞여 나타났다. 그러나 그들은 그와 그의 가족들을 돕지 않았고, 모두가 친해지기 어려운 사람들이었다. 그들이 사라지자 그는 기뻤다.

하지만 그런 다음엔 그는 다시 가족에 대해 걱정할 기분이 전혀 들지 않았고, 자신을 잘 돌보아주지 않는 것에 대한 분노만이 차올랐다. 그리고 무얼 먹고 싶은지 전혀 생각할 수 없었으나, 배고프지 않아도 어쨌든 자신이 마땅히 먹어야 할 것을 가져오려면 어떻게 식료품 저장고에 들어갈 수 있을지 궁리했다. 누이는 무엇으로 그레고르를 기쁘게 할 수 있을까를 이제는 더이상 숙고하지 않았고, 아침과 정오에 상점에 가기 전 아무렇게나 고른 음식을 그레고르의 방안에 급하게 발로 밀어 넣었는데, 어쩌면 단지 맛만 보거나 아니면 — 가장 빈번한 경우이지만 — 전혀 건드리지 않거나와는 상관없이 저녁에 그 음식을 빗자루로 쓸어 내어 갔다. 이제 그녀가 항시 저녁에 하는 방청소는 그보다 더 빨리는 될 수 없을 만큼 신속하게 이뤄졌다. 줄처럼 생긴 오물자국이 벽을 따라 나 있었고, 여기저기에는 먼지덩이와 쓰레기가 나뒹굴고 있었다.

처음에 그레고르는 누이가 올 때면 그런 특별히 눈에 띄는 곳에 서 있었는데, 이는 어떤 의미에선 그 위치를 통해 그녀를 질책하려는 것이었다. 하지만 누이의 태도가 개선되지 않는다 해도 그는 어쩌면 그곳에 수 주일 동안 머물러 있을 수도 있었을 것이다. 그녀는 그 더러움을 그와 꼭 마찬가지로 보았다. 하지만 그녀는 그 더러움을 그냥 내버려 두기로 작정했다. 그러면서도 — 요컨대 가족 모두가 갖게 된 것이지만 — 그녀에게는 아주 새로운 그 예민함으로 누이는 그레고르의 방 청소는 자기에게 맡겨진 일이라는 것에 무척 관심을 쏟고 있었다. 언젠가 어머니는 그레고르의 방을 몇 통의 물을 사용하고서야 아주 깨끗이 청소했으나 — 물론 많은 습기가 그레고르의 마음을 상하게 했고, 그는 몸을 쭉 뻗은 채 씁쓸한 기분으로 움직이지 않고 소파 위에 누워 있었다 — 어머니가 치러야 할 대가는 이것으로 그치지 않았다. 저녁에 그레고르의 방이 변한 것을 알아차리자마자 극도로 모욕감을 느낀 누이는 거실로 달려갔다. 어머니가 두 손을 치켜들고 애원하는데도 불구하고 누이는 격한 울음을 터뜨렸는데, 부모들은 — 물론 아버지는 놀라서 의자에서 일어나 있었다 — 처음에는 놀라 어쩔 줄 모르고 쳐다보았다. 이윽고 그들도 행동하기 시작했다. 아버지는 오른쪽을 향해 어머니에게 그레고르의 방 청소를 누이에게 맡기지 않은 것에 대해 질책했고, 반면에 왼쪽을 향해 누이에게 그레고르의 방을 더 이상 청소 해서는 안 될 거라고 소리 질렀다. 어머니가 흥분하여 자제력을 잃은 아버지를 침실로 끌고 가려 애쓰는 동 안, 흐느낌으로 몸이 흔들리고 있는 누이는 작은 두 주먹으로 탁자를 쳤다. 그리고 그레고르는 문을 닫아 자신에게 그런 광경과 소란을 면하게 할 생각은 어느 누구도 하지 않은 것에 대한 분노로 쉭쉭 하는 큰 소 리를 냈다.

하지만 직장일로 지친 누이가 그레고르를 예전처럼 돌보는 일에 염증이 났다 해도, 어머니는 아직은 결코 그녀를 옹호해서는 안 될 것이며, 또한 그레고르가 소 홀하게 다뤄져야 할 까닭도 없을 것이다. 이제는 청소 부가 있었기 때문이다. 튼튼한 골격 덕분에 평생 아주 힘든 일도 이겨냈을 이 늙은 과부는 그레고르에 대해 이렇다 할 혐오감을 갖고 있지 않았다. 그녀는 어떤 호기심도 없이 우연히 한 번 그레고르의 방문을 열었 으며, 완전히 급습당한 그레고르가 아무도 몰아대지 않는데도 이리저리 달리기 시작하는 걸 두 손을 품에 포갠 채 놀라워하며 서서 보고 있었다. 그 이래로 그 녀는 언제나 아침과 저녁에 잠시 문을 조금 열어 그레 고르를 들여다보는 걸 빼놓지 않았다. 처음에 그녀는 자신이 아마도 다정한 것이라고 여긴 「이쪽으로 와 봐요, 말똥구리!」 혹은 「말똥구리를 좀 봐요!」와 같은 말을 하면서 그레고르를 자기 쪽으로 오라고 불렀다. 그레고르는 그런 말걸기에 아무런 답을 하지 않았으며, 마치 문이 전혀 열려 있지 않은 듯 자기 자리에서 움직이지 않고 있었다. 누군가 그녀가 기분 내키는 대로 쓸데없이 그를 방해하게 내버려두는 대신 그녀에게 그의 방을 매일 청소하도록 시킨다면 더 좋으련만!

어느 날 이른 아침에 ― 어쩌면 다가오는 봄의 신호일 것 같은 격렬한 빗줄기가 창을 때렸다 ― 청소부가 늘상 하는 말을 다시 시작했을 때 그레고르는 아주 격분하여 공격할 것처럼, 물론 느릿느릿 하면서도 힘없이 그녀를 향해 몸을 돌렸다. 청소부는 놀라는 대신 그저 문 가까이 있는 의자를 높이 치켜들었다. 그리고 그녀가 입을 크게 벌리고 거기에 서 있었을 때, 그녀의 의도는 만일 자신의 손에 있는 의자가 그레고르의 등을 내려치기라도 하면 그 때서야 비로소 입을 다물겠다는 것이 분명했다. 그레고르가 다시 몸을 돌리자 그녀는 「그래 더 이상 그렇게 하면 안 되겠지?」라고 묻고는 의자를 가만히 구석에다 다시 갖다 놓았다.

그레고르는 이제 거의 전혀 아무것도 더 이상 먹지 않았다. 마련된 음식 옆을 우연히 지나게 될 때만 재미삼아 한 입 먹었고, 그 음식을 몇 시간 동안 입 안에 넣고 있다가 대개 다시 뱉어 버렸다. 처음에 그는 자신이 음식을 멀리하게 되는 것은 방 상태에 대한 서글 픔 때문이라고 생각했으나, 방의 변화에 곧바로 적응 하였다. 사람들은 다른 곳에 둘 수 없는 물건들을 이 방에 들여놓는 것에 습관이 되어 있었는데, 이제 그런 물건들이 많아졌다. 왜냐면 집에 있는 방 하나를 세 명의 하숙인에게 빌려주었기 때문이었다.

이 세 명의 근엄한 남자들은 ― 이 세 사람은 그레고 르가 언젠가 문틈으로 확인했듯이 얼굴이 온통 수염 으로 뒤덮여 있었다 ― 그들의 방뿐만 아니라, 일단 이곳에 방을 얻었기 때문에 살림 전체, 특히 부엌의 정리정돈에 대해 무척 신경을 썼다. 그들은 쓸모없는 것이나 아주 더러운 잡동사니들을 참지 못했다. 게다 가 그들은 자신들의 살림살이를 상당히 많이 가져왔 다. 그런 까닭에 팔리지는 않는, 그렇다고 내버리고 싶지는 않은 많은 것들이 불필요한 것이 되어버렸다. 이 모든 것들이 그레고르의 방으로 들어왔다. 마찬가 지로 재받이 상자와 쓰레기를 담는 상자가 부엌에서 옮겨져 왔다. 언제나 아주 바쁜 청소부는 당장에만 사 용되지 않는 것이라면 그냥 그레고르의 방 안으로 던 졌다. 그레고르는 다행스럽게도 대개 앞서 언급한 물 건들만, 그리고 그것을 들고 있는 손만을 보았을 뿐이 다. 어쩌면 청소부는 때와 기회를 봐서 이것들을 다시 가져가거나 아니면 모든 걸 한꺼번에 내다버릴 생각이었는지도 모른다. 그러나 실제로는 그레고르가 그 잡동사니들을 헤집고 지나면서 그것들을 이동시키는 경우가 아니라면, 그것들은 처음에 던져진 그곳에 그 대로 놓여 있었다. 그의 이런 행동은 우선은 어쩔 수 없는 일이었는데, 왜냐면 기어 다닐 수 있는 다른 공간이 없었기 때문이다. 하지만 나중에는 즐거움이 점점 커져서 그렇게 했다. 비록 그렇게 기어 다닌 후엔 죽을 만큼 피곤하고, 서글프고, 다시금 몇 시간 동안 꿈쩍도 하지 못했지만 말이다.

하숙인들도 가끔 저녁식사를 집의 공동 거실에서 했기 때문에 거실문은 종종 어떤 저녁에는 닫혀 있었다. 그렇지만 그레고르는 문을 여는 것을 아주 쉽게 포기했다. 이미 이전에 그는 문이 열려 있는 여러 날 저녁을 이용하지 않고, 가족들 몰래 자기 방 가장 어두운 구석에 누워 있었던 적이 있었다. 하지만 어느 날 청소부가 거실로 나가는 문을 조금 열어두었다. 그 문은 하숙인들이 저녁에 들어와 불이 켜졌을 때에도 그렇게 열려 있었다. 하숙인들은 예전에 아버지, 어머니, 누이가 식사를 했던 탁자에 앉아 냅킨을 펼치고 나이프와 포크를 손에 쥐었다. 그 즉시 어머니가 한 대접의 고기를 들고, 그녀 바로 뒤에서는 누이가 높이 쌓은 감자 한 대접을 들고 문에 나타났다. 음식에서 김이 모락모락 났다. 하숙인들은 마치 먹기 전에 시식이라도 하려는 것처럼 그들 앞에 놓인 대접들 위로 몸을 숙였다. 그리고 다른 두 사람에게 권위가 있어 보이는, 중간에 앉아 있는 사람이 추측컨대 고기가 연한지, 아니면 부엌으로 돌려보내야 할 지를 확인하기 위해 정말로 대접 위에 있는 고기 한 점을 잘라보았다. 그는 만족했고, 긴장하며 바라보았던 어머니와 누이는 안도의 숨을 쉬며 미소짓기 시작했다.

가족들은 부엌에서 식사했다. 그럼에도 아버지는 부엌에 가기 전에 거실로 들어와서 모자를 손에 든 채 단지 한 번 몸을 굽히고는 탁자 주위를 한 바퀴 돌았다. 하숙인들은 모두 일어나서 불만스럽게 뭔가를 중얼거렸다. 그런 다음 그들만 있게 되었을 때, 거의 아무 말도 않고 식사를 했다. 음식 먹는 온갖 다양한 소리에서 음식을 씹는 치아 소리를 계속 반복하여 듣게 되는 것이 그레고르에게는 기이하게 여겨졌다. 그것은 마치 사람은 먹기 위해선 치아가 필요하다는 것, 그리고 아무리 아름다운 턱이라도 치아 없이는 아무 것도 할 수 없다는 것을 그레고르에게 보여주어야 된다는 듯했다. 그레고르는 '먹고 싶긴 해, 하지만 저런 것들은 아니야. 저 하숙인들은 잘들 먹고 있구나, 난 죽어 가는데 말이야!'라고 근심에 찬 채 중얼거렸다.

바로 이 날 저녁 — 그레고르는 그간 내내 바이올린 소리를 들은 기억이 없었다 — 부엌으로부터 바이올린 소리가 흘러나왔다. 하숙인들은 이미 저녁식사를 끝냈으며, 중간 하숙인은 신문을 자기 앞으로 끌어당기더니 다른 두 사람에게 각각 한 장씩을 주었다. 그리고는 이제 그들은 뒤로 기댄 채 신문을 읽으며 담배를 피웠다. 바이올린이 연주되기 시작했을 때 그들은 그 소리를 알아차리고는 일어서서 발꿈치를 들고 현관문으로 갔으며, 서로에게 몸을 밀착하고 그곳에 서 있었다. 그들이 내는 소리를 부엌에서 들은 것이 틀림없었다. 그럴 것이 아버지가「연주가 혹시 여러분에겐 불쾌한가요? 당장 연주를 중단시킬 수도 있소.」라고 외쳤기 때문이다. 중간 하숙인이「그 반댑니다, 아가씨가 우리에게로 와서 훨씬 편하고 아늑한 이곳에서 연주해 주시면 안 될까요?」라고 말했다. 아버지는 「아, 그러시죠.」라고 마치 자신이 바이올린 연주자인 듯 소리쳤다. 하숙인들은 되돌아가서 기다렸다. 이내 아버지가 악보대를, 어머니는 악보를, 누이는 바이올린을 가지고 왔다. 누이는 조용히 연주를 위한 모든 준비를 했으며, 예전에는 결코 방을 빌려준 적이 없기에 이 하숙인들에게 예의를 지나치게 차리는 부모는 감히 자기들의 의자에 앉으려고 하지 않았다. 아버지는 제복 윗도리에 채워진 두 개의 단추 사이로 오른손을 찔러 넣고서 문에 기대고 있었고, 어머니는 한 하숙인이 내준 의자를 받았지만, 그 의자를 그 하숙인이 우연히 놓아둔 그곳에 그대로 둔 채 멀리 떨어진 구석에 앉아 있었다.

누이는 연주하기 시작했다. 아버지와 어머니는 각자 자기가 있는 곳에서 누이의 손놀림을 주의 깊게 좇아갔다. 그레고르가 연주에 끌려 약간 더 앞으로 나아가려 했을 때, 머리가 이미 거실 안에 있게 되었다. 그는 최근에 자신이 다른 사람들을 배려하지 않는 것에 대해 거의 놀라지 않고 있지만, 예전에는 이러한 배려는 그의 자랑이었다. 그렇다면 지금이야 말로 몸을 숨겨야 할 더 많은 이유가 있을 지도 모른다. 자기 방의 곳곳에 쌓여 있어 조금만 움직여도 온 사방으로 날아다니는 먼지로 인해 그의 몸이 온통 먼지로 뒤덮여 있기 때문이다. 그는 실들, 머리카락들, 음식찌꺼기들을 자신의 등과 양옆구리에 붙이고서 이리저리로 끌고 다녔다. 그는 이 모든 것들에 대해 너무도 무관심해졌기에, 예전에는 낮에 여러 번 그랬던 것처럼 등을 대고 누워 양탄자에 문지르는 것은 하지 않았다. 이러한 상태인데도 그는 거실의 깨끗한 바닥 위에서 몸을 약간 앞으로 내미는 걸 전혀 두려워하지 않았다.

물론 어느 누구도 그에 대해 주의를 기울이지 않았다. 가족들은 바이올린 연주에 완전히 사로잡혀 있었다. 반면에 하숙인들은 처음에는 바지 주머니에 손을 넣고서 악보를 들여다 볼 수 있을 정도로 누이의 악보대 뒤편 너무 가까이에 서 있었는데 — 이는 틀림없이 누이를 방해했을 것이다 — 이내 머리를 숙이고 목소리를 낮춰 대화하면서 창문 쪽으로 되돌아갔으며, 염려하는 아버지의 시선을 받으면서 그곳에 머물렀다. 마치 그들은 아름답거나 즐거운 바이올린 연주를 기대했으나 실망했으며, 또한 연주 전체에 싫증이 났고, 자신들의 휴식이 방해받는 걸 단지 예의를 차리기 위해 내버려두고 있는 듯한 모습이 너무도 역력했다. 특히 그들 모두가 코와 입으로 여송연의 연기를 위로 불어대는 태도는 신경질이 많이 나 있다는 걸 알려주고 있었다.

누이는 매우 훌륭하게 연주했다. 그녀의 얼굴은 옆으로 기울어져 있었고, 시선은 음미하며 슬프게 악보를 따라갔다. 그레고르는 조금 더 앞으로 기어나갔으며, 어쩌면 그녀의 시선과 만날 수 있게 머리를 바닥에 바짝 갖다 대었다. 음악에 그토록 끌리는데도 그가 동물이란 말인가? 마치 그에게는 열망하는 미지의 자양분으로 나아가는 길이 나타나기라도 하는 것 같은 느낌이 들었다. 그는 누이 앞으로까지 가서, 그녀의 치마를 잡아당기고, 그렇게 하여 그녀가 바이올린을 가지고 그의 방으로 가주면 좋겠다고 넌지시 알리려고 결심하고 있었다. 그럴 것이 그 연주를 — 그가 그럴만하기를 바랄 정도로 — 들려줄 만한 가치가 있는 사람은 그곳에 없었기 때문이다. 그는 그녀를 자신의 방에서 더 이상 내보내지 않을 것이다. 적어도 그가 살아 있는 한에는 말이다. 그의 흉측스런 모습은 처음으로 그에게 유용한 것이 될 것이다. 그의 방의 모든 문에 동시에 나타나서 공격자들에게 맞서 쉭쉭 하는 소리를 낼 것이다. 하지만 누이는 강제적으로가 아니라 자발적으로 그에게 머물러 있도록 해야 할 것이다. 그녀는 그의 옆에 있는 소파에 앉아야 하며, 귀는 그에게로 기울어내리고 말이다. 그런 다음 그녀를 음악학교에 보내려는 확고한 의도가 있다는 것, 그 사이에 불행한 일이 생기지 않았다면 어떤 반대에도 아랑곳하지 않고 이 사실을 지난 크리스마스에 ─ 성탄절은 이미 지나갔겠지? ─ 모두에게 말했을 것이라고 그녀에게 털어놓을 것이다. 이러한 설명을 하면 누이는 감동의 눈물을 쏟게 될 것이며, 그레고르는 그녀의 어깨까지 자기의 몸을 세우고는 그녀가 상점에 나가게 된 뒤로는 장식용 줄을 하지 않거나 옷깃 없는 옷을 입어 비어 있는 그녀의 목에 입맞춤을 하게 될 것이다.

「잠자 씨!」라고 중간 하숙인이 아버지를 향해 외치고는 그 이상의 말은 하지 않고, 집게손가락으로 서서히 앞쪽으로 나아가고 있는 그레고르를 가리켰다. 바이올린 소리는 그쳤고, 중간 하숙인은 일단 머리를 흔들며 그의 친구들에게 미소를 지었고, 그런 다음에는 다시 그레고르 쪽을 바라다보았다. 아버지는 그레고르를 몰아내는 대신 하숙인들이 전혀 흥분하지 않았고, 또 바이올린 연주보다 그레고르가 더 그들을 재미있게 해주는 것 같았음에도 우선은 하숙인들을 진정시키는 것이 더 필요한 일로 여기는 듯하였다. 그는 그들에게로 서둘러 갔으며, 쫙 펼친 팔로는 하숙인들을 그들의 방 안으로 밀어 넣으려 애썼고, 동시에 몸으로는 그들이 그레고르를 쳐다보는 걸 막으려고 애썼다. 이제 그들은 정말로 약간 화가 났다. 그것이 아버지의 태도 때문인지, 아니면 그레고르와 같은 그런 옆방 이웃이 있었다는 것을 몰랐다가 이제야 알게 된 때문인지는 더 이상 알 수 없었다. 그들은 아버지에게 해명을 요구했고, 그들 역시 팔을 들어 올렸으며, 자기들의 수염을 불안스레 잡아당기면서 아주 천천히 자신들의 방을 향해 물러갔다.

그러는 동안 누이는 갑작스런 연주중단으로 갖게 된 당혹감에서 벗어났으며, 맥없이 늘어뜨려져 있는 손으로 한동안 바이올린과 활을 쥐고 마치 아직도 연주를 하고 있는 듯 계속 악보를 들여다보고 있었다. 그러더니 그녀는 갑자기 벌떡 일어났는데, 폐가 격렬하게 움직이는 가운데 호흡장애로 의자에 앉아 있는 어머니의 품에다 악기를 놓고는 옆방 안으로 달려갔다. 그런데 하숙인들은 아버지에 의해 떠밀리며 조금

전보다 더 빨리 그곳으로 다가오고 있었다. 누이의 숙련된 손 아래에서 침대 시트와 쿠션들이 날아오르며 정돈되는 것이 보였다. 하숙인들이 방에 채 도착하기 전에 그녀는 침대정리를 끝마치고 방에서 빠져나왔다.

아버지는 임차인들에게 표해야 할 존중을 망각할 정도로 재차 자신의 고집에 사로잡혀 있는 듯 보였다. 아버지는 중간 하숙인이 방 문에서 발을 천둥치듯 세차게 구르며 그를 정지시킬 때까지 그들을 밀고 또 밀어댔다. 중간 하숙인은 「이로써 나는 분명히 밝힙니다만,」이라고 말했으며, 손을 치켜들었고, 시선은 어머니와 누이를 찾고 있었다. 「이 집과 가족들을 뒤덮고 있는 역겨운 분위기를 고려하여」 — 이 때 그는 잠시 단호한 태도를 취하더니 바닥에다 침을 뱉었다 — 「내 방을 즉각 빼겠습니다. 또한 물론 이곳에서 지낸 날들에 대해서는 조금치도 돈을 내지 않을 것이며, 그 대신 아주 쉽게 그 근거를 댈 수 있는 어떤 요구를 — 제 말을 믿으십시오 — 당신에게 해볼까 곰곰이 생각하고 있습니다.」 그는 침묵하면서 마치 그가 어떤 무언가를 기대하는 듯 정면으로 자기 앞을 쳐다봤다. 실제로 즉시 그의 두 친구가 「우리도 즉각 나가겠습니다.」라고 말하며 끼어들었다. 연이어 그는 손잡이를 잡고서는 쾅 하고 문을 닫았다.

아버지는 두 손으로 더듬으며 그의 의자로 비틀비

틀 걸어가더니 거기에 쓰러졌다. 마치 습관이 돼 있는 저녁잠을 자기 위해 몸을 뻗는 듯한 모습이었다. 하지만 그의 목이 주체할 줄 모르고 심하게 끄덕거리는 것을 볼 때, 그는 전혀 잠을 자지 않고 있었다. 그레고르는 하숙인들이 자기를 갑작스럽게 목격하게 된 그 자리에 내내 조용히 누워 있었다. 자기 계획의 실패에 대한 실망, 어쩌면 오랜 굶주림에 의한 쇠약이 그를 움직일 수 없게 만들었는지도 모른다. 그는 당장 다음 순간에라도 자신에게 닥칠 전반적인 붕괴를 어느 정도 확신하고서 두려워하며 기다리고 있었다. 그를 놀라게 한 것은 어머니의 떨리는 손가락들에서 빠져나와 그녀의 품에서 떨어지면서 반향을 내는 바이올린은 결코 아니었다.

「아버지, 어머니.」라고 누이는 말하고는 말의 서두를 꺼내려고 손으로 탁자를 쳤다. 「이런 식으로는 더는 안 돼요. 잘 모르실지도 모르나, 저는 알고 있어요. 이 괴물을 두고 제 오빠의 이름을 부를 순 없어요. 그래서인데, 이 괴물에게서 벗어나야 해요. 우린 이 괴물을 보살피고 참아주는, 인간으로서 할 수 있는 모든 걸 해보았어요. 어느 누구도 우릴 조금이라도 비난할 수 없다고 생각해요.」

「천 번, 만 번 지당한 말이야.」라고 아버지는 혼잣말을 했다. 아직도 여전히 숨을 제대로 쉬지 못하고 있는 어머니는 정신 나간 표정을 하며 입 앞에 갖다 댄 손 안에다 탁한 소리로 기침을 하기 시작했다.

누이는 어머니에게로 급히 가서는 그녀의 이마를 붙들었다. 아버지는 누이의 이 말로 인해 더욱 확고한 생각을 하게 된 듯 했고, 똑바로 앉았으며, 접시들 ─ 이것들은 하숙인들이 저녁식사를 할 때부터 탁자 위에 놓여 있었다 ─ 사이에 있는 자신의 급사 모자를 만지작거렸다. 그러면서 때때로 가만히 있는 그레고르를 쳐다보았다.

「우린 저것으로부터 벗어나야 해요.」라고 누이는 이제는 오로지 아버지에게만 말했다. 그럴 것이 어머니는 기침을 하여 아무 것도 듣지 못했기 때문이다. 「저것이 두 분을 죽일 거예요. 그 일은 곧 닥칠 거예요. 우리 모두처럼 이토록 고되게 일해야 한다면, 어느 누구도 집에서 이 영원한 고통을 더는 견딜 수 없을 거예요. 저 또한 더 이상 견딜 수 없어요.」 그녀는 너무도 격렬하게 울음을 터뜨렸는데, 그 눈물이 어머니의 얼굴에 흘러 내렸고, 어머니는 기계적인 손놀림으로 자신의 얼굴에서 그 눈물을 닦아냈다.

「애야」라고 아버지는 동정심과 눈에 띌 정도의 이해심을 보이며 말했다. 「하지만 우린 어떻게 해야 하느냐?」

누이는 우는 동안에 조금 전의 확신과는 달리 그녀

를 엄습한 당혹감을 나타내려고 양쪽 어깨만을 으쓱하였다.

「만일 저 녀석이 우리가 하는 말을 이해한다면」이라고 아버지는 반쯤은 묻는 듯 말했다. 누이는 울면서 그런 것은 기대해서는 안 된다는 표시로 격렬하게 손사래를 쳤다.

「만일 저 녀석이 우리가 하는 말을 이해한다면」이라고 아버지는 다시 반복했으며, 눈을 감고서 그것이 불가능하다는 누이의 확신을 자신에게 받아들였다. 「그렇게 되면 저 녀석과의 합의가 가능할지도 모르겠는데. 하지만 그렇게는 …」.

「저것은 없어져야 해요.」라고 누이는 소리쳤다. 「그게 유일한 방책이에요, 아버지. 저것이 그레고르 오빠라는 생각에서 벗어나려고 해야 해요. 그런 생각을 그토록 오래 해 온 것이 우리가 불행하게 된 근본적인 원인이에요. 하지만 저것이 어떻게 그레고르 오빠일 수 있나요? 만일 저것이 그레고르 오빠라면, 그는 사람이 그런 동물과 함께 산다는 것이 불가능하다는 걸 오래 전부터 알았을 것이며, 스스로 떠났을 거예요. 그러면 우리에겐 오빠가 없게 되겠지만, 우린 계속 살아갈 수 있고, 또 그에 대한 추억을 명예롭게 간직할 수 있을 거예요. 하지만 저 동물은 이렇게 우릴 못살게 굴고, 하숙인들을 내쫓으며, 집안을 온통 차지하고

92

서는 우릴 골목에서 밤을 새우게 할 게 분명해요.」그녀는「보세요, 아버지!」라고 갑자기 외쳤다.「저것이 또 시작이에요.」누이는 그레고르로서는 전혀 이해할 수 없는 공포를 느끼며 어머니에게서조차 떨어지더니, 마치 그레고르 가까이 머물기보다는 어머니를 희생시키는 것이 더 낫다는 듯 어머니의 의자로부터 말그대로 튀어 나와 급히 아버지 뒤로 갔다. 오로지 그녀의 행동 때문에 흥분되어 있는 아버지 또한 일어나서 누이를 보호하려는 듯 그녀 앞에서 두 팔을 반쯤 치켜 올렸다.

하지만 그레고르는 어떤 누구도, 더욱이 그의 누이까지 불안케 하려는 생각은 전혀 없었다. 그는 단지 자기 방으로 되돌아가기 위해 몸을 돌리기 시작했을 뿐이었다. 물론 이 동작은 눈에 띄었다. 그가 앓고 있는 상태라서 까다로운 회전을 할 때에는 자신의 머리로 ─ 들어올렸다가 다시 바닥에 치는 동작을 여러 번 하면서 ─ 도와야 했기 때문이다. 그는 동작을 멈추고 주위를 돌아봤다. 그의 좋은 의도를 모두가 알게 된 듯 보였다. 그들이 보였던 행동은 단지 순간적인 경악이었던 것이다. 이제 모두가 침묵하고 애처로운 표정으로 그를 쳐다보았다. 어머니는 두 다리를 쪽 뻗어 서로 밀착시킨 채 그녀의 의자에 누워 있었고, 두 눈은 지친 나머지 거의 감겨 있었다. 아버지와 누이는 나란히 앉아 있었으며, 누이는 아버지의 목을 손으로 휘감고 있었다.

'어쩌면 이젠 몸을 돌려도 될 거야'라고 그레고르는 생각하고 자신이 하던 동작을 다시 시작했다. 그는 힘이 들어 헐떡이는 숨을 억누를 수 없었고, 또한 이따금씩 쉬지 않으면 안 되었다. 또한 어느 누구도 그를 재촉하지 않았고, 모든 것은 그 자신에게 맡겨졌다. 회전을 마치게 되자, 그 즉시 똑바로 되돌아가기 시작했다. 그레고르는 자신이 그의 방으로부터 떨어져 있는 긴 거리에 대해 놀랐으며, 조금 전에 쇠약한데도 불구하고 멋모른 채 그 같은 길을 어떻게 왔는지 전혀 이해되지 않았다. 그는 빨리 기어가는 것만 계속 염두에 두었기에 가족의 어떤 말도 어떤 부르는 소리도 자신을 방해하지 못한다는 것에는 거의 주의를 기울이지 않았다. 그는 문에 당도하게 되어서야 비로소 머리를 돌렸는데, 완전히 돌리지는 않았다. 목이 뻣뻣해지는 걸 느꼈기 때문이다. 아무튼 그는 그의 뒤편에서는 아무 것도 변하지 않았다는 걸 알게 되었다. 다만 누이만이 일어서 있었다. 그의 마지막 시선은 어머니에게로 향했는데, 어머니는 이제 완전히 잠들어 있었다.

그가 방 안에 들어서게 되자마자 문은 급히 밀어 닫혀졌고, 빗장이 단단히 걸렸으며, 폐쇄되었다. 그레고르는 자신의 뒤에서 나는 갑작스런 소음에 ― 그의 다리들이 꺾이어 구부러질 정도로 ― 몹시 경악했다. 그렇게 서두른 것은 누이였다. 그녀는 이미 그곳에 똑바로 서서 기다리고 있었던 것이다. 그런 다음 가벼운 발걸음으로 앞으로 뛰어왔었는데 그레고르는 그녀가 오는 그 소리를 전혀 듣지 못했었던 것이다. 그녀는 자물통의 열쇠를 돌리면서 「드디어!」라는 말 한 마디를 부모를 향해 외쳤다.

'그러면 이제는?' 하고 그레고르는 스스로에게 물었으며, 어둠 속에서 주위를 둘러보았다. 곧이어 그는 더 이상 전혀 움직일 수 없다는 걸 알게 되었다. 그것에 대해 놀라워하지 않았으며, 오히려 그가 지금까지 정말로 그 가느다란 다리들로 이동할 수 있었다는 것이 있을 수 없는 일로 여겨졌다. 그 밖에는 자신이 비교적 기분 좋은 상태라고 느꼈다. 몸 전체에 통증이 있었지만, 마치 그것이 점차 약해져 마침내 완전히 사라질 것 같은 기분이 들었다. 등에 박힌 썩은 사과, 그리고 온통 부드러운 먼지로 덮여 있는 염증 부위를 거의 느끼지 못했다. 그는 감동과 사랑으로 가족들을 회상했다. 자기가 없어져야 한다는 그의 생각은 어쩌면 누이의 그것보다 더 단호한 것이었다. 탑시계가 새벽 3시를 알리는 종을 칠 때까지 그런 공허하고 평화로운 사색의 상태에 잠겨 있었다. 바깥의 창문 앞이 온통 밝아오기 시작하는 걸 몸으로 느꼈다. 그런 다음 그의 머리는 의지를 잃고 완전히 아래로 내려뜨려졌다. 그리고 콧구멍에서 그의 마지막 숨이 약하게 흘러나왔다.

이른 아침 청소부가 왔는데 ― 그녀는 힘이 넘쳐나고 몹시 서두르는 나머지 번번이 그러지 말라고 이미 부탁했는데도 문을 너무도 세게 닫아, 그녀가 오면 집 안 어디에서도 평온한 잠은 더 이상 불가능하였다 ― 그녀는 평소처럼 그레고르에게 잠시 들렀을 때, 그에게서 처음에는 어떤 특별한 것도 발견하지 못했다. 그가 일부러 그렇게 움직이지 않고 누워서 모욕당한 사람의 시늉을 하고 있다고 생각했다. 그녀는 그레고르가 있을 수 있는 모든 이해력을 갖고 있다고 여겼다. 때마침 긴 빗자루를 손에 쥐고 있었기에, 문에서 그것으로 그레고르를 간지럽히려고 했다. 그런데도 아무런 성과가 없자 그녀는 짜증이 났으며, 그레고르의 몸을 약간 찔러 보았다. 어떤 저항도 받지 않고 그레고르를 그가 있는 곳에서부터 밀어냈을 때에야 비로소 그녀는 사태를 알게 되었다. 이내 실제 상황을 알게 되었을 때, 그녀는 눈을 휘둥그레 뜨고서 홀로 계속 휘파람을 불었다. 하지만 그곳에 오래 머물지 않았으며, 침실 문을 열고 큰 목소리로 어둠 속에다 외쳤다. 「보세요, 그것이 뒈졌어요! 누워 있는데, 완전히 뒈졌어요!」

잠자 부부는 부부 침대에 똑바로 앉아서 청소부가 알린 내용을 파악하기에 앞서 그녀로 인해 놀란 것부터 극복해야 했다. 그런 다음 잠자 씨와 잠자 부인은 각자 자기 쪽에서 황급히 침대를 벗어나왔다. 잠자 씨는 시트를 자신의 두 어깨 위에다 걸쳤으며, 잠자 부인은 그냥 잠옷 채로 나왔다. 그들은 그런 모습으로 그레고르의 방 안으로 들어갔다. 그러는 사이에 그레테가 하숙인들이 들어온 이후로 잠을 자는 거실의 문도 열렸다. 그녀는 마치 전혀 잠을 자지 않은 것처럼 옷을 완전히 차려입고 있었으며, 그녀의 창백한 얼굴 또한 이를 증명하는 듯했다.

「죽었다고?」라고 잠자 부인은 말했으며, 모든 것을 몸소 살펴볼 수 있고, 또 살펴보지 않고도 알 수 있음에도 청소부에게 질문하듯 쳐다보았다. 「제 생각은 그래요.」라고 청소부는 말했으며, 증명하려고 빗자루로 그레고르의 시체 옆쪽을 심하게 쑤셨다. 잠자 부인은 마치 빗자루를 저지하려는 듯한 동작을 했으나, 이를 실행하지는 않았다. 「그렇다면」 잠자 씨는 말했다. 「이젠 우리가 신에게 감사할 수 있겠군.」 그는 성호를 그었고, 세 명의 여자는 그를 따라 했다. 시체로부터 눈을 떼지 않고 있는 그레테는 「보세요, 얼마나 여위었는가를. 오랫동안 아무것도 먹지 않았어요. 음식은 들어온 그대로 다시 나갔어요.」 라고 말했다. 정말로 그레고르의 몸은 완전히 납작하고 말라 있었는데, 사실상 이제야 이를 알게 되었다. 왜냐면 그의 몸은 더 이상 다리들에 의해 들어 올려져 있지 않았고, 또한 그 외엔 보는 사람의 시선을 다른 데로 돌리게 하는 것은 아무것도 없었기 때문이다.

「자, 그레테, 잠깐 우리한테로 가자.」라고 잠자 부인은 애처로운 미소를 띠며 말했으며, 그레테는 시체를 되돌아보며 부모를 뒤따라 침실로 들어갔다. 청소부는 문을 닫았고, 창문을 활짝 열었다. 이른 아침인데도 신선한 대기에는 벌써 약간의 온화함이 섞여 있었다. 이미 3월 말이었다.

세 명의 하숙인이 그들의 방으로부터 나와 놀라워하면서 아침 식사를 찾으려 주위를 둘러보았다. 그들을 잊고 있었던 것이었다. 「아침은 어디 있지요?」라고 중간 하숙인이 기분 나쁜 표정으로 청소부에게 물었다. 청소부는 손가락을 입에다 갖다 댔으며, 그런 다음엔 그들에게 그레고르의 방 안으로 가면 좋겠다고 화급하고도 말없이 손짓했다. 그들 또한 들어갔으며, 그런 다음 약간 낡아빠진 상의 주머니에 손을 넣고서 이미 아주 환해진 방에서 그레고르의 시체 주위에 서 있었다.

이 때 침실 문이 열렸고, 잠자 씨가 제복을 입고 나타났는데 한 팔에는 아내를, 다른 팔에는 딸을 끼고 있었다. 모두가 울어서 눈이 벌겋게 부어 있었다. 그 레테는 이따금 얼굴을 아버지 팔에 갖다 댔다.

「당장 내 집을 떠나시오!」라고 잠자 씨는 말하며 여자들을 자기 품에서 떼어놓지 않은 채 문을 가리켰다. 「무슨 말씀이십니까?」라고 중간 하숙인이 약간 놀라 말하며 알랑거리는 미소를 지었다. 다른 두 하숙인은 두 손을 등에다 두고는, 자신들에게 유리하게 끝날 수밖에 없는 큰 싸움을 기뻐하며 기다리는 듯이 계속해서 두 손을 비벼대고 있었다. 「내가 말하고 있는 바와 똑같소이다.」라고 잠자 씨는 대답하고는 두 여자 동행인과 한 줄을 지어 그 하숙인에게 다가갔다. 이 하숙인은 처음에는 조용히 서 있었으며, 마치 모든 것들이 그의 머릿속에서 새롭게 정리되기라도 하는 듯 바닥을 내려다 보았다. 그런 다음 그는 「그렇다면 우린 나가겠습니다.」라고 말하고는 ─ 마치 자신에게 갑자기 찾아들고 있는 순종의 마음을 갖고서 그런 결단에 대해서까지도 새로운 허가를 요청하는 듯 ─ 잠자 씨를 올려다보았다. 잠자 씨는 눈을 크게 뜨고 그저 몇 번 짧게 그에게 고개를 끄덕여 보였다. 그러자 정말로 그 하숙인은 즉시 큰 걸음걸이로 현관으로 갔다. 그의 두 친구는 이미 얼마동안 두 손을 가만히 하고서 경청하고 있었는데, 이제는 껑충 껑충 뛰면서 그를 뒤따라갔다. 잠자 씨가 자기들보다 먼저 현관으로 가게 되어 자신들의 지도자와의 합류를 방해할 수 있을지도 모른다는 불안에 사로잡혀 있는 듯이 말이다. 세 사람 모두 현관의 옷걸이대(臺)에서 모자를 집어 들었고, 보관통에서 지팡이를 꺼냈으며, 말없이 몸을 굽혀 인사를 하고 집을 떠났다. 분명 전혀 근거 없는 불신으로 잠자 씨는 두 여자와 함께 층계참으로 나갔다. 그들은 난간에 기대고서 세 명의 하숙인들이 천천히, 그러나 계속해서 긴 계단을 내려가는 것을, 각 층의 계단의 일정한 커브 지점에서 사라졌다가 잠시 후에 다시 나타나는 것을 응시했다. 그들이 밑으로 내려가면 갈수록 그들에 대한 잠자 가족의 관심은 그만큼 더 사라져갔다. 그리고 머리 위에 운반대를 들고 있는 정육점 조수가 뽐내는 자세로 그들을 향해서, 그런 다음에는 그들을 지나 위로 올라가자 잠자 씨는 곧 여자들과 함께 난간을 떠났으며, 모두가 마음이 가벼워진 듯 집 안으로 되돌아왔다.

그들은 오늘 하루를 휴식하고 산보하며 보내기로 결정했다. 그들에게는 이렇게 일을 쉬는 것이 필요했을 뿐만 아니라, 무조건 필요하기조차 했다. 그리하여 그들은 탁자에 앉아 세 장의 사유서를 썼다. 잠자 씨는 총무실에, 잠자 부인은 그녀의 주문자에게, 그리고 그레테는 그녀의 고용주에게. 그들이 쓰고 있는 동안 청소부가 가야겠다는 말을 하려고 들어왔다. 아침 일이 끝났기 때문이었다. 쓰고 있는 세 사람은 처음에는 쳐다보지도 않고 그저 고개만 끄덕였으나, 청소부가 여전히 가려고 하지 않자 그 때서야 비로소 짜증을 내며 쳐다보았다. 「뭐요?」라고 잠자 씨가 물었다. 청소부는 마치 그녀가 가족들에게 큰 행운을 말해야 한다는 듯, 하지만 질문을 세세하게 받게 될 때에만 말하리라는 듯 미소를 지으며 문에 서 있었다. 그녀의 모자에 거의 똑바로 꽂혀 있는 작은 타조깃털이 ― 이미 잠자 씨는 이것에 대해 그녀의 일하는 시간 내내 화를 냈다 ― 이리저리로 가볍게 흔들거렸다. 「대체 왜 그래요?」라고 청소부가 가족 중에서 가장 조심하는 잠자 부인이 말했다. 「예에」라고 청소부는 대답하고는 다정스런 웃음을 짓느라 곧바로 말을 계속 이어서 하지는 못했다. 「그러니까 옆방에 있는 그 물건을 어떻게 내버릴 것인가에 대해선 전혀 걱정을 않으셔도 돼요. 이미 해결됐어요.」 잠자 부인과 그레테는 마치 계속해서 글을 쓰기라도 하려는 듯 그들의 사유서에로 몸을 굽혔다. 청소부가 이제 모든 것에 대해 상세한 설명을 시작하려는 걸 알아챈 잠자 씨는 쫙 펼친 손으로 그걸 단호하게 저지했다. 그녀는 얘기를 못하게 되자 자신이 매우 바빴던 것을 기억하게 되었고, 큰소리로 「모두들 잘 계세요.」라고 말하고는 거칠게 몸을 돌리더니 섬뜩할 정도로 시끄럽게 문을 닫고 집을 떠났는데, 모욕감을 느끼고 있는 것이 분명했다.

「저녁에 해고할 거야.」라고 잠자 씨는 말했으나, 아내나 딸로부터 대답을 듣지 못했다. 청소부가 그 두 사람이 겨우 갖게 된 평온을 다시 깨버린 것 같아 보였기 때문이다. 그들은 일어서서 창문으로 갔으며, 그곳에서 서로 감싸 안은 채 머물러 있었다. 잠자 씨는 그의 의자에서 그들 쪽으로 몸을 돌려 그들을 잠시 가만히 살펴보았다. 그런 다음 「이리 좀 와 봐. 지난 일은 그만 생각하고, 내게도 신경 좀 써줘.」라고 큰 소리로 말했다. 여자들은 곧 그의 말을 따랐고, 서둘러 가서는 그를 쓰다듬고 입맞춤 했으며, 재빨리 그들의 사유서를 끝마쳤다.

그런 다음 세 사람 모두 하나가 되어 집을 떠났다. 이는 그들이 몇 달 이래로 하지 못했던 일이었다. 전차를 타고 도시 앞에 있는 야외로 갔다. 그들만 앉은 전차 칸은 온통 따스한 햇볕을 받고 있었다. 그들은 좌석에서 아늑하게 뒤로 기댄 채 앞날의 전망에 대해 얘기를 나눴다. 그 전망은 더 자세히 살펴봐도 결코 나쁘지 않은 것이었다. 세 사람 모두의 일자리가 — 사실 그들은 이것에 대해서는 아직까지 서로에게 자세히 물어보지 않았다 — 유망하고, 특히 훗날에도 많은 희망을 갖게 하는 것이었기 때문이다. 가장 중요하고도 즉각적인 상황 개선은 물론 손쉽게 이사를 통해

서 이뤄져야 했다. 그들은 그레고르가 고른 현재의 집보다 더 작고 싼 집, 하지만 더 좋은 위치에 있고, 요컨대 더 실용적인 집을 얻으려고 했다. 그들이 이렇게 애기를 나누고 있는 동안 잠자 씨와 잠자 부인은 점점 더 활기를 찾아가는 딸을 보면서, 최근에 그녀의 뺨을 창백하게 만든 고통스런 일에도 불구하고 그녀가 무척 아름답고 풍만한 몸매의 여성이 되었다는 생각을 거의 동시에 했다. 그들은 더 말이 없어지고, 거의 무의식적으로 눈빛을 통해 서로의 마음을 주고받으면서 이제는 그녀의 훌륭한 남편감을 찾게 될 때가 되었다고 생각했다. 나들이의 목적지에서 딸이 맨 먼저 일어나 생기 넘치는 젊은 몸을 폈을 때, 그것은 그들의 새로운 꿈과 근사한 계획을 확인시켜주는 것처럼 여겨졌다.

단식광대

지난 수십 년간 단식광대에 대한 관심이 많이 줄어들었다. 예전에는 독특한 연출로 그와 같은 대단한 공연을 한다는 것은 충분히 그럴 만 했지만, 오늘날은 전혀 그렇지 못하다. 그 때는 다른 시절이었던 것이다. 그 당시엔 도시 전체가 단식광대에게 지대한 관심을 보였다. 단식 날이 하루하루 늘어날수록 관심은 높아졌다. 모두가 단식광대를 적어도 하루에 한 번은 보려고 했으며, 나중에는 예약자들이 생겼는데, 그들은 며칠 동안을 작은 격자 우리 앞에 앉아 있었다. 야간에도 관람이 이뤄졌으며, 햇불을 피워 효과를 높였다. 날씨 좋은 날에는 우리는 야외로 옮겨졌다. 그런 경우 단식광대가 구경거리가 되는 것은 특별히 어린 아이들에게서였다. 단식광대가 어른들에게는 종종 유행 때문에 참여하는 재미에 불과하지만, 어린아이들은 놀라워하며 입을 다물지 못하고, 안전을 위해 서로의 손을 잡고서 단식광대를 바라보았다. 검은 트리콧을 입고, 갈빗대가 심하게 돌출된 단식광대는 창백한 얼굴로 의자조차 거부하고, 깔아놓은 짚더미 위에 앉아 있었다. 고개를 공손하게 끄덕이고, 질문에는 애써 미소를 띠고 대답했으며, 수척한 몸을 만져보도록 격자 밖으로 팔을 뻗기도 했다. 하지만 그런 다음에는 다시 완전히 자기 자신에게 침잠하며, 어느 누구에게도 신경 쓰지 않았다. 그에게는 아주 중요한, 우리 안의 유일한 가구인 시계의 종소리에 대해서도 전혀 관심을 두지 않았다. 그 대신 거의 감긴 눈으로 자기 앞만을 보았으며, 이따금씩 입술을 축이려고 잔에서 물을 홀짝이곤 했다.

바뀌는 구경꾼들 외에도 관객들이 뽑은 감시자들이 있었다. 이상하게도 그들은 보통은 푸줏간 주인들이었는데, 이들은 언제나 세 사람이 동시에 단식광대가 결코 그 어떤 은밀한 방법으로도 음식을 먹지 못하도록 감시하는 일을 맡고 있었다. 하지만 이것은 사람들을 안심시키기 위한 것으로 그저 형식적인 것이었다. 그럴 것이 내부관계자들은 단식광대가 단식 기간에는 결코, 어떤 상황에서도, 강요받는 경우조차도 조금도 먹지 않으리라는 걸 잘 알고 있기 때문이었다. 그의 명예로운 예술이 이를 금지했다. 물론 모든 감시자가 이를 이해할 수 있었던 것은 아니다. 때때로 감시를 매우 느슨하게 하는 야간 감시단들이 있기도 했다. 그들은 의도적으로 멀리 떨어진 구석에 함께 모여 카드놀이에 열중했는데, 이것은 그들 생각으로는 단식광대가 어떤 감춰놓은 저장품들에서 가져올 수 있는 소량의 음식을 허용하려는 공공연한 의도였다. 단식광대에겐 그러한 감시단들보다 더 고통스러운 것은 없었다. 이들은 그를 우울하게 만들었다. 이들은 단식광대에게 금식을 너무도 힘들게 했다. 그래서 그는 가끔 자신의 육체적 허약을 이겨내면서 감시받는 시간에도, 버틸 수 있는 한에서 노래를 불렀는데, 이는 감시단들이 그에게 의혹을 갖는 것이 얼마나 부당한 처사인가를 사람들에게 보여주기 위해서였다. 하지만 이것은 별반 소용이 없었다. 그들은 단지 노래하는 동안에도 먹을 수 있는 그의 재간에 대해 감탄할 뿐이었기 때문이다.

그에게는 격자 가까이 앉아 있는 감시자들이 훨씬 더 마음에 들었다. 이들은 홀의 흐릿한 야간 조명에 만족하지 않았고, 매니저가 마음대로 사용하도록 건넨 전기 회중전등으로 단식광대를 비추었다. 이 눈부신 빛은 그를 결코 방해하지 않았으나, 그는 전혀 잘 수가 없었다. 그는 언제나 약간 반수면 상태에 있을 수 있었다. 어떤 조명에서도, 어떤 시간에도, 가득차고 시끄러운 홀에서도 그럴 수 있었다. 그는 아주 기꺼이 그런 감시자들과 잠을 자지 않고서 밤을 꼬박 새울 각오가 돼 있었다. 그는 그들과 농담을 하고, 자신의 유랑생활 이야기를 들려주고, 그런 다음에는 그들의 이야기를 들을 준비도 돼 있었다. 이 모든 것은 오로지 그들을 깨어 있도록 하기 위해서, 또한 그가 우리에 어떠한 먹을 것도 두고 있지 않으며, 그들 중 어느 누구도 할 수 없을 단식을 자신이 한다는 것을 그들에게 계속 반복하여 보여줄 수 있도록 하기 위해서였다.

하지만 그런 다음 아침이 되어 그가 돈을 내는 푸짐한 아침 식사가 오게 될 때면, 그는 가장 기뻤다. 감시자들은 건강한 남자들이 힘들게 밤을 지새운 뒤에 갖게 되는 식욕으로 식사에 덤벼들었다. 이 같은 식사를 감시자들의 온당치 못한 영향력에 의한 것으로 여기려는 사람들조차 있었으나, 이는 너무 지나친 일이었다. 사람들이 감시자들에게 혹시 야간감시하는 일을 아침식사를 대접받지 않고도 오로지 그 자체를 위해서만 떠맡겠느냐고 물으면, 그들은 슬그머니 사라졌으나, 그럼에도 그들은 혐의를 받고 있었다.

물론 그런 일은 단식과 결코 분리할 수 없는 혐의두기 가운데 하나였다. 어느 누구도 감시자로서 모든 밤낮을 계속 단식광대에게서 보낼 수는 없었다. 따라서 그 어느 누구도 단식이 정말 중단되지 않고, 실수 없이 이뤄졌는가를 자신이 직접 보아서 알 수는 없었다. 단식광대 자신만이 알 수 있었고, 따라서 그만이 단식에 대해 완전히 만족한 관객일 수 있었다.

하지만 그는 재차 다른 이유에서 결코 만족하지 못했다. 상당수 사람들이 ― 그의 모습을 견딜 수 없어서 ― 유감스럽게도 공연 관람을 포기해야 할 정도로 그가 마른 것은 어쩌면 결코 단식 때문이 아니었다. 그가 그토록 몸이 말라 있었던 것은 단지 자기 자신에 대한 불만에서였다. 왜냐면 단식이 얼마나 쉬운 일인가는 그만이 알았고, 내부관계자들도 모르고 있었기 때문이다.

단식은 세상에서 가장 쉬운 일이었다. 그는 그 사실을 숨기지도 않았으나, 사람들은 그의 말을 믿지 않았고, 기껏해야 그가 겸손하다고만 여겼다. 하지만 대개는 그를 자랑병에 걸렸거나 아니면 단식을 쉽게 할 수 있는 재간이 있기에 단식이 손쉬우며, 또한 그걸 반쯤 고백하는 뻔뻔스러운 사기꾼으로까지 여겼다. 그는 이 모든 것을 받아들여야 했고, 세월이 흐르면서 이에 적응했다. 하지만 내적으로는 이러한 불만이 언제나 그를 괴롭혔다. 단식기간이 끝난 후에도 ─ 사람들은 단식에 대한 증명서를 그에게 발부해야 했다 ─ 그가 자발적으로 우리를 떠난 적은 여태까지 한 번도 없었다. 매니저는 단식의 최적기간을 40일로 확정했었고, 그는 결코 그 기간 이상으로는 단식하지 않았다. 세계적인 대도시들에서도 그랬고, 그것도 그럴 만한 이유가 있어서였다. 경험상으로 보면 40일 동안은 점차 광고를 많이 하여 도시의 관심을 계속 더 고조시킬 수 있었으나, 그 다음엔 관람객은 호응이 없었고, 관람객의 방문이 현저하게 감소하는 것을 확인할 수 있었다.

물론 이 점에 있어서 도시와 시골 사이에는 작은 차이가 있었으나, 40일이 최적기간이라는 것이 규칙으로 여겨졌다. 따라서 40일째 되는 날에는 화환으로 장식된 우리의 문이 열리고, 흥분한 관람객들이 야외극장을 가득 채웠으며, 군악대가 연주를 했고, 두 명의 의사가 단식광대에게 필요한 검진을 하기 위해 우리 안에 들어갔다. 그 결과는 확성기를 통해 관람객들에게 공표되었고, 마지막으로는 누구보다 자신들이 추첨에서 선택된 것에 대해 행복해 하는 두 명의 젊은 숙녀가 왔다. 그들은 단식광대를 우리에서부터 몇 계단 데리고 — 작은 탁자 위에 세심하게 선별된 환자용 식사가 차려져 있는 곳으로 — 내려오려고 했다. 단식광대는 이 순간에는 언제나 저항했다. 그는 자신을 향해 몸을 구부린 숙녀들이 도와주려고 뻗은 손에다 뼈만 남은 자신의 두 팔을 자발적으로 올려놓았으나, 일어서려고는 하지 않았다.

왜 하필이면 40일이 지난 지금에 중단하는가? 더 오래, 무제한으로 오래 버틸 수 있는데, 왜 꼭 지금 그만두어야 하는가, 가장 성공적인 단식 상태, 여태 한 번도 도달하지 못한 가장 높은 수준의 단식 상태에 도달해 있는 지금에 말이다. 왜 사람들은 그에게서 계속하여 굶는다는 명예, 그리고 모든 시대를 통틀어 가장 위대한 단식광대가 될 뿐만 아니라 — 어쩌면 이미 그 위치에 도달했는지도 모르지만 — 이해가 불가능할 정도로 기대 이상의 기록을 세우는 명예마저도 빼앗으려 하는가. 그럴 것이 자신의 단식 능력으로 볼 때,

어떠한 한계도 느끼지 못하기 때문이었다. 왜 그를 그토록 찬탄해 마지 않는다고 하던 사람들이 그에게 인내심을 갖지 않는가. 그가 더 오래 단식하는 걸 견뎌내고 있는데, 왜 그들은 이를 견뎌주려 하지 않는가?

그는 지쳐 있었고, 짚더미에 편히 앉아 있었으나 이제 그는 몸을 서서히 똑바로 세우고서 음식이 있는 데로 가야 했다. 음식은 생각하는 것만으로도 역겨웠는데, 두 여성을 배려하여 역겨움을 말하는 걸 간신히 억눌렀다. 그는 겉으로는 매우 다정하게 보이지만, 실제로는 아주 냉혹한 두 숙녀의 눈 안을 올려다보았으며, 연약한 목 위에 너무도 무겁게 놓여 있는 머리를 흔들었다. 그런 다음엔 언제나 행해지는 일이 일어났다. 매니저가 와서는 말없이 ─ 음악이 말하는 걸 불가능하게 했다 ─ 마치 하늘을 초대라도 하듯 두 팔을 단식광대 위로 들어 올렸다. 여기 짚더미에 있는 피조물을 한 번 구경하라고, 물론 단식광대이지만 완전히 다른 의미에서의 이 불쌍한 순교자를 보라고 말이다. 그는 단식광대의 야윈 허리 주위를 붙잡았는데, 이 때 지나치게 조심함으로써 그가 지금 부서지기 쉬운 물건 같은 것을 다루고 있는 것으로 믿게 하려 했다. 그는 단식광대를 ─ 남몰래 단식광대를 약간 흔들었는데, 그래서 그는 다리와 상체를 제어하지 못하고 이리저리 움직였다 ─ 그러는 동안에 죽은 사람처럼 얼굴이 창백해져버린 두 여성에게 넘겨주었다. 이제 단식 광대는 모든 걸 태연히 받아들였다. 머리는 가슴 위에 놓여 있었는데, 그것은 마치 머리가 굴러가서 그곳에 불가해하게 머물고 있는 듯 했다. 복부는 쑥 들어가 있었고, 두 다리는 자기 보존본능으로 서로의 무릎 안 쪽에 꽉 눌러 붙이고 있었으며, 또한 바닥을 긁어대고 있었다. 마치 바닥이 진짜가 아니라는 듯, 이제서야 진짜 바닥을 찾기라도 하는 듯 말이다. 그리고 몸의 전체 무게가, 물론 아주 적은 무게이지만, 두 숙녀 중 한 사람에게 놓여 있었는데, 이 숙녀는 도움을 청하는 가운데 가쁜 숨을 쉬며 ― 그녀는 이러한 명예로운 직책을 그런 일을 하는 것으로는 상상하지 못했던 것이 다 ― 적어도 얼굴이 단식광대와 접촉되는 걸 피하려 고 목을 될 수 있는 대로 쫙 뻗었다. 하지만 마음먹은 대로 되지 않았고, 그녀보다 더 행운이 많은 그녀의 동반녀는 도우러 오는 것이 아니라 몸을 떨며 단식광 대의 손을, 즉 그 작은 뼈다귀 다발을 자기 몸 앞에 들고 가기만 했다. 그 때문에 그녀는 홀에 있는 사람 들이 기뻐 날뛰며 웃어대는 가운데 울음을 티뜨렸고, 오래 전부터 대기시켜 놓은 고용인과 교체되어야 했다.

그런 후에 음식이 나왔다. 매니저는 관심을 단식광 대의 몸 상태로부터 다른 데로 돌리게 될 재미난 잡담 을 하면서 ― 단식광대가 무기력에 가까운 반수면 상태에 있는 동안 ― 그 음식의 일부를 그의 입 안에 넣어 주었다. 그런 다음 관람객에게 보내는 축배의 말이 이어졌는데, 이 건배의 말은 명목상으로는 단식광대가 매니저에게 귓속말로 해준 것으로 되어 있었다. 악단은 이 모든 것을 큰 소리의 취주 반주로 분명하게 확인해주었다. 사람들은 흩어졌고, 어느 누구도 관람한 것에 대해 불만족할 권리가 없었다, 어느 누구도 말이다. 다만 단식광대만이 그럴 권리가 있었다. 언제나 그 사람만이 그랬다.

단식광대는 규칙적으로 짧은 휴식기간을 가지면서 오랜 세월 그렇게 지냈다. 외면적으로는 영광스럽게, 세상으로부터 존경을 받으며, 하지만 그럼에도 대개는 우울한 기분으로 지냈다. 이 우울한 기분은 어느 누구도 이를 진지하게 여겨주지 않았기에 한층 더 우울하게 되어갔다. 그를 무엇으로 위안해야 할까. 그가 원하는 것으로는 무엇이 더 남아 있을까? 언젠가 어떤 선량한 사람이 나타나서 그를 애석히 여기며 그의 슬픔이 아마도 단식에서 오는 것일지도 모른다고 설명하려 했을 때, 특별히 단식이 상당히 진행된 시기인데도 단식광대가 그것에 대한 대답으로 분통을 터뜨리고, 또 모든 사람이 경악할 정도로 짐승처럼 격자를 흔들기 시작하는 일이 일어났다.

하지만 그런 경우를 대비하여 매니저는 즐겨 사용

하는 벌칙을 준비해두고 있었다. 그는 모여든 관객들 앞에서 단식광대를 변호했으며, 단식으로 생긴 ― 배부른 사람은 쉽게 이해할 수 없는 ― 신경과민을 생각해보면 단식광대의 그런 태도를 용서할 수 있을 거라고 했다. 그런 다음엔 앞의 문제와 관련하여 마찬가지로 해명되어야 할 단식광대의 주장에 대해 언급하게 되었는데, 그 주장이란 단식광대가 지금 굶고 있는 것보다 훨씬 더 오래 굶을 수 있다는 것이다. 그는 지고한 노력, 훌륭한 의지, 단식광대의 그런 주장에 분명하게 내포되어 있을 것인 위대한 자기희생을 칭송했다. 하지만 그런 다음 그는 ― 이 때 동시에 판매되는 ― 사진들을 보여주면서 아주 간단하게 그런 주장을 반박하려고 했다. 그럴 것이 사진은 단식광대가 40일째의 단식일에 침대에서 탈진하여 거의 생명이 다한 모습을 보여주고 있기 때문이었다. 단식광대에겐 아주 익숙하지만, 언제나 다시금 신경을 쇠잔케 하는 이같은 사실 왜곡은 그에게는 너무도 감당키 힘든 것이었다. 여기에선 때 이르게 끝나게 된 단식의 결과를 그 원인으로 설명하고 있다니! 이러한 몰이해에 맞서, 이 무지한 세상에 맞서 싸운다는 것은 불가능한 일이었다. 그는 격자에 붙어서 아직도 계속하여 선의를 가지고 매니저의 말을 열심히 귀담아 들었지만, 사진이 등장하면 그 때마다 격자에서 떨어져서 한숨을 쉬면서 짚더미에 다시 주저앉았다. 그러면 진정이 된 관람객들은 다시 다가와서 그를 구경할 수 있었다.

그런 장면들을 목격한 사람들이 몇 년 후 그것을 회상할 때면, 종종 자기 자신들이 스스로에게 이해되지 않았다. 왜냐면 그러는 사이에 맨 앞에서 언급한 바 있는 그런 격변이 일어났기 때문이다. 그것은 거의 갑작스럽게 일어났다. 보다 깊은 까닭이 있을 터이지만, 그 원인을 찾아내는 일에 누가 관심을 갖으랴. 어떻든 까다로운 단식광대는 어느 날 자신이 다른 볼거리로 몰려가기를 더 좋아하는 향락벽에 빠진 사람들로부터 버림받고 있다는 것을 알게 되었다. 매니저는 다시 한 번 그와 함께 유럽의 절반을 찾아 나섰다. 이곳저곳에서 옛날의 관심을 다시 찾을 수 있지 않을까 알아보려고 말이다. 모든 노력이 허사였다. 은밀한 합의가 이뤄진 듯, 모든 곳에서 관람용 단식에 대한 거부감이 형성되어 있었던 것이다.

물론 그것은 사실 갑자기 그렇게 될 순 없었다. 지금에 와서 사람들은 그 당시엔 성공에 도취되어 충분하게 주목되지 못한, 아무리 해도 충분하게는 억누를 수 없는 여러 전조들을 기억해냈다. 하지만 이제 그것에 맞서 어떤 조처를 취하는 일은 너무 늦었다. 언젠가는 단식에 대해서도 호의적인 시기가 오리라는 것은 확실하지만, 그것은 지금 시점에 살아가고 있는 사람들에겐 위안이 될 수 없었다. 그러면 단식광대는 어떻게 해야 한다는 말인가? 수천의 관람객으로부터 환호를 받았던 그가 소규모 대목장의 작은 가설무대에 자신의 모습을 보여줄 수는 없었다. 그리고 단식광대는 다른 직업을 갖기에는 너무 늙었을 뿐만 아니라 무엇보다 단식에 너무 광적으로 몰두했다. 그리하여 그는 매니저를 ― 자신의 직업생활에서 그 누구와도 비길 수 없는 동반자를 ― 해고했다. 그리고 자신은 대형 서커스단에 들어갔다. 자신의 예민함을 보호하기 위해 계약조건에 대해서는 전혀 신경을 쓰지 않았다.

계속적으로 조정되고 보충되는 수많은 인원, 동물, 기구를 소유한 큰 규모의 서커스단은 누구든 언제라도 필요할 수 있다. 그다지 큰 요구를 하지 않는다면, 단식광대까지도 필요할 수 있다. 또한 이같이 특별한 경우에 고용되는 것은 단식광대 자신만이 아니라 그의 이전의 명성도 함께였다. 나이를 더해가면서도 줄어들지 않는 독특한 기술을 놓고 본다면, 은퇴한, 최고의 능력을 더 이상은 발휘할 수 없는 명인이 조용한 서커스단으로 피신하려 한다고는 결코 말할 수 없었다. 그 반대였다. 단식광대는 ― 매우 신빙성 있는 것으로 ― 예전만큼 단식할 수 있다고 확언하였다. 더욱이 그는 자기 뜻대로 하게 해주면 ― 이를 사람들은 주저하지 않고 약속했다 ― 지금에야말로 세상 사람

118

들을 마땅히 그럴 권리가 있는 경악 속으로 빠뜨리게
될 거라고까지 주장했다. 물론 그가 흥분함으로써 쉽
게 망각하고 있는 시대적인 분위기를 고려해보면, 이
는 전문가들에게서 비웃음만 불러일으키는 것이었다.

하지만 근본적으로 보면, 단식광대는 실제의 상황
을 통찰하지 못한 것은 아니었다. 그는 자신을 우리와
함께 최고의 구경거리로서 원형 관람장 한복판에 세
우는 것이 아니라, 쉽게 접근할 수 있는 곳인 바깥의
동물 우리 가까이에 두는 걸 당연한 것으로 받아들였
다. 형형색색으로 칠해진 큰 글귀들이 그의 우리를 둘
러싸고 있었는데, 그곳에서 구경할 수 있는 것이 무엇
인지를 알려주고 있었다.

관람객들이 공연 휴식시간에 동물들을 구경하려고
동물 우리로 몰려갈 때면 지나가다가 잠시 단식광대
가 있는 그곳에 머무는 것은 거의 피할 수 없는 일이
었다. 보고 싶어 하는 동물 우리로 가는 길에 이처럼
잠시 머무는 것을 후속 관람객들은 이해해주지 못했
는데, 만일 이들이 이 비좁은 통로에서 단식광대를 차
분히 더 오래 구경하는 걸 방해하지 않았다면, 사람들
이 그에게 좀 더 오래 머물러 있었을지도 모른다. 그
리고 이것은 단식광대가 그런 방문시간을 ― 물론 이
는 그가 자신의 삶의 목표로서 다가오기를 바란 시간
이었지만 ― 앞두고 왜 그 때마다 불안해했는가 하는

이유이기도 했다.

그는 초기에는 공연의 휴식시간을 기다리기가 힘들었다. 그는 몰려오는 인파를 황홀해 하며 마주 보았다. 하지만 그 인파가 대개는 그 의도를 보면 언제나 예외 없이 오로지 동물 우리 방문객이라는 걸 — 가장 집요하고도, 거의 의식적인 자기기만도 이런 경험 앞에서는 버텨내지 못했다 — 곧 바로 확신하게 되었다. 먼 곳에서 보는 이 광경은 아직도 여전히 가장 아름다운 광경이었다. 그럴 것이 그들이 그가 있는 곳까지 다가왔을 때, 부단히 새롭게 생겨나는 패거리들이 고함치고 비난하는 소리가 즉각 그의 주위를 광란하듯 에워쌌기 때문이다. 그들 중의 일부는 그를 편안하게 구경하려는 사람들이었으나 — 그들은 단식광대에게는 이내 더 고통스런 무리들이 되었다 — 결코 이해심에서가 아니라 변덕스런 기분과 반감에서 구경코자 했으며, 또 다른 일부는 우선은 오로지 동물 우리로만 가려고 하는 사람들이었다. 수많은 인파가 지나간 다음에는 후속인파가 몰려왔다. 이들은 원하기만 하면 더 이상 저지당하지 않고 머물 수 있었지만, 동물들에게로 때맞춰 가기 위해 큰 걸음으로 거의 곁눈질도 하지 않고 서둘러 지나가버렸다.

어떤 가장이 아이들과 함께 와서 손가락으로 단식광대를 가리키며 이곳에서 어떤 일이 벌어지고 있는

지를 상세하게 설명하고, 또 지금과 유사하지만, 그러나 비교가 안 될 정도로 대단한 공연을 본 적이 있는 지난 시절에 대해 이야기하는 것은 단식광대에게는 결코 아주 흔한 행운은 아니었다. 그러면 아이들은 학교수업과 인생에서 배운 것이 많지 않아서 계속 이해 못한 채로 있지만 ㅡ 그들에게 단식이란 무엇일까? ㅡ 탐구하는 빛나는 눈은 새로운, 다가올, 하지만 더 호의적인 시대의 무언가를 나타내어 주고 있었다. 그럴 때면 때때로 단식광대는 만약 자신이 서 있는 곳이 동물 우리에 그토록 가까이 있지 않다면, 모든 것이 조금은 더 나아질지도 모른다고 생각했다. 그러나 서커스단 사람들은 바로 그 점 때문에 손쉽게 그의 위치를 그곳으로 선택했던 것이다. 동물 우리에서 나는 악취, 야간에 동물들이 피우는 소란, 맹수들에게 주려고 생고기를 나르는 소리, 먹이를 줄 때 나는 울부짖는 소리가 그의 마음을 상하게 하고 지속적으로 침울하게 만들었으나, 이런 점들은 고려의 대상이 되지 않았던 것이다. 하지만 그는 관리 부서에 문의하는 일은 감히 하지 않았다. 어떻든 그는 다수의 관람객이 오는 것에 대해 동물들에게 감사했는데, 그들 가운데는 때때로 그를 보려고 오는 사람들도 있을 수 있었다. 그리고 그가 자신의 처지를 환기시키려 하고, 이로써 또한 ㅡ 엄밀히 말하면 ㅡ 자신이 동물 우리로 가는 도중에 있는 장애물일 뿐이라는 걸 환기시키려 하게 되면, 사람들이 그를 어디에다 처박아 놓을지는 아무도 알 수 없는 노릇이었다.

물론 그는 사소한 장애물이었다. 점점 사소하게 되어가는 장애물이었다. 사람들은 오늘날에도 단식광대에 대한 관심을 끌어보려는 기이한 습성에 길들어져 있는데, 이러한 습성 때문에 그에게 판결이 내려졌다. 그는 할 수 있는 만큼 단식해도 되었다. 그는 그렇게 했다. 하지만 그 어떤 것도 그를 더 이상 구원하지 못했다. 사람들은 그를 지나가버렸다. 누군가에게 단식 기술을 설명해보라! 그걸 느끼지 못하는 사람에겐 이해시킬 수는 없는 것이다. 아름다운 글귀들은 더럽혀지고, 읽을 수 없는 지경이 되었다. 그걸 뜯어 내렸으나, 다른 것으로 대체하려는 생각은 아무도 하지 않았다. 단식이 이뤄진 날의 숫자가 쓰여 있는 널빤지는 초기에는 세심하게 매일 바뀌었지만, 이미 오래 전부터 그대로 있었다. 처음 몇 주가 지난 뒤 관계자들 자신이 이런 사소한 일에 싫증이 났기 때문이다. 단식광대는 예전에 간절히 바랐던 대로 그렇게 계속하여 단식했고, 또한 이 단식이 그가 그 당시 예언한 것처럼 어려움 없이 성공했지만, 어느 누구도 날짜를 세지 않았다, 어느 누구도. 단식광대 자신조차도 그 일이 얼마나 위대한 것인가를 알지 못했다. 그의 마음은 무거

워졌다. 그러던 어느 날 어떤 한가한 사람이 멈춰 서서는 오래된 숫자에 대해 비웃으며 속임수라고 말했을 때, 이는 그런 의미에서 무관심과 천성적인 악의가 꾸며낼 수 있는 가장 파렴치한 거짓말이었다. 그럴 것이 단식광대가 속인 것이 아니며, 그는 정직하게 일했으나, 세상 사람들이 그가 받아야 할 대가를 편취했기 때문이다.

다시금 많은 날들이 지나갔으며, 또한 이것도 끝이 나게 되었다. 언젠가 그 우리는 어떤 감독자의 눈에 띄었다. 그는 일하는 사람들에게 썩은 짚더미가 그 안에 있지만 유용하게 사용할 수 있는 우리를 왜 이용하지 않고 그곳에 내버려 두고 있는가 하고 물었다. 어떤 이가 숫자가 적힌 널빤지 덕분에 단식광대를 기억해낼 때까지 아무도 대답할 수 없었다. 사람들은 막대기로 짚더미를 휘저었고, 그 안에서 단식광대를 발견했다. 「아직도 계속 단식하고 있는 거요?」 라고 감독자는 물었다. 「언제면 끝나게 될 것 같소 ?」 단식광대는 「모두들 날 용서해주시오.」라고 속삭였다. 격자에다 귀를 대고 있는 감독자만이 그의 말을 이해했다. 「물론이요」라고 감독자는 말하고는 관계자들에게 단식광대의 상태를 알려주려고 그의 이마에다 손가락을 갖다 댔다. 「우리는 당신을 용서하오.」 그러자 단식광대는 「항상 나는 당신들이 나의 단식에 대해 찬사를 보내주기를 원했소.」라고 말했다. 이에 감독자는 「우리들 또한 찬사를 보내오.」라고 화답했다. 「하지만 찬사를 보내서는 안 됩니다.」라고 단식광대가 말했다. 「허어, 그렇다면 우리는 찬사를 보내지 않겠소.」라고 감독자가 말했다. 「그런데 왜 찬사를 보내서는 안 된다는 거요?」 이에 단식광대는 「나는 단식을 해야 하기 때문이며, 그것 말고는 할 수 있는 게 없습니다.」라고 말했다. 「그렇구나」라고 감독자가 말했다. 「하지만 도대체 왜 그것 말고는 할 수 있는 게 없다는 거요?」 단식광대는 「왜냐면 내게」라고 말했는데, 고개를 약간 치켜 올리며 입맞춤을 하려는 것처럼 입술을 뾰족하게 하고선, 어떤 말도 흘려듣지 않게 하려고 감독자의 귓속에다 말했다. 「왜냐면 내게 맛있는 음식을 찾을 수가 없었기 때문이오. 만일 그런 걸 발견했다면 나는 어떠한 관심도 끌지 않았을 것이고, 당신과 모든 사람들이 그러는 것처럼 배부르게 먹었을 것입니다.」 그것은 단식광대의 마지막 말이었다. 하지만 그의 퀭한 두 눈에는 비록 더 이상은 자랑스러운 것은 아니라 해도, 계속하여 단식한다는 굳건한 신념이 들어 있었다.

　「이제 정리들 하세요!」라고 감독자는 말했고, 사람들은 단식광대를 짚더미와 함께 파묻어버렸다. 그리고는 우리 안에 어린 표범 한 마리를 집어넣었다. 그토록 오랫동안 황량했던 우리에서 그런 맹수가 몸을 이리저리 뒤집는 것을 본다는 것은 지극히 무딘 감정의 소유자라 해도 분명하게 느낄 수 있는 기분전환이었다. 이 맹수에겐 부족한 것이라고는 없었다. 그가 맛있어 하는 먹을 것을 감시자들은 오래 생각하지도 않고 가져다주었다. 그 맹수는 자유조차도 아쉬워하지 않아 보였다. 이 고상한 몸, 물어 찢기를 겨우 하는 데에 필요한 모든 것을 갖추고 있는 몸은 자유까지도 몸에 두르고 있는 듯 보였다. 이빨들 어딘가에 그 자유가 박혀 있는 듯 보였다. 생의 환희가 관람객들이 감당하기 쉽지 않을 정도의 강한 열기로 그의 목구멍에서 흘러나왔다. 그러나 관람객들은 이를 이겨내고는 우리 주변으로 쇄도하였고, 한사코 그곳에서 떠나려 하지 않았다.

작품 해설

김형국

『변신 Die Verwandlung』은 1915년에 발표되었다. 이 작품은 전기적 사실에 의거하거나, 심리학적, 실존주의적, 표현주의적 등등의 관점으로 해석해 볼 수 있다. 여기서는 〈자본주의 사회와 인간〉이라는 측면에서 해설해보고자 한다.

그레고르의 지금까지의 삶은 오로지 가족을 위한 것이었다. 그는 가족들의 부양을 혼자서 전적으로 책임져 왔으며, 게다가 아버지가 진 빚까지도 갚아 나가야 했다. 말하자면 개인적인 삶은 생각할 겨를이 없이 오직 가족을 위한 희생의 삶을 살아온 것이다. 그는 이 같이 곤고한 삶을 살아왔지만, 자신의 힘으로 가족들의 삶을 지켜온 것에 자긍심을 가지고 있으며, 다른 한편으론 가족들이 편안한 삶을 누리고 있는 모습에서 행복을 느끼기도 한다. 하지만 이것만이 그의 삶의 모습은 아니다. 이러한 자긍심과 행복감의 배후에는 또 하나의 〈나〉, 즉 억눌려 있는 자아가 존재하고 있다.

그는 출장중개인으로서의 — 한 회사에 소속되어 있으나, 특정직으로서 회사 안에서 근무하는 것이 아니라 여러 지역에 영업여행을 하면서 주문받은 양에 따라 일정한 중개 수수료를 받는 직업을 말한다 — 자신의 삶에 염증과 혐오를 느껴왔다. 자신이 하는 일이 너무도 고되기 때문이다. "아, 얼마나 힘든 직업을 택했는가! 매일 출장여행을 해야 하니 말이다. 영업에서 오는 긴장은 사무실 일에서의 그것보다 훨씬 격심하다. 게다가 여행이라는 괴로운 일이 부여되어 있다. 기차 연결에 대한 걱정, 불규칙적이고 부실한 식사, 그리고 늘 바뀌며, 결코 지속적이지도 못하고 진심에서 이뤄지는 것도 아닌 인간 교류가 그것이다. 이 모든 게 너무도 지긋지긋하다."라는 그의 토로가 이를 알려준다. 이러한 이유에서 그는 자신이 해오던 일을 그만 두고 싶어 할 뿐더러 여태까지와는 다른 삶을 열망한다. 그러나 그는 그 때마다 가족들을 부양해야 한다는 의무감과 책임감에서 이런 생각을 억눌러왔다. 하지만 시간이 흐를수록 이 생각은 강화되고, 더 이상 제어 될 수 없게 되자 급기야는 밖으로 표출된다. 그가 거대한 해충으로 변신하는 것은 바로 이 같은 그의 내면의식이 밖으로 나타난 것에 다름 아닌 것이다.

이러한 변신에 대해 그레고르 자신은 그다지 놀라지 않는다. 그는 비교적 냉정한 태도를 보인다. 밖으로 드러났을 뿐, 이 변신은 자신의 본래적인 자아의 표출에 지나지 않아서이다. 그런데 그레고르에게는 그의 변신이 또 다른 〈나〉의 외화이지만, 이를 알 수 없는 가족들의 반응은 그것과는 크게 다르다. 그의 변신을 알기 전까지는 가족들은 직장생활을 한결같이 규칙적으로 하는 그레고르가 정해진 출근 시간을 훨씬 넘기고도 방에서 나오지 않자 당황하고 불안해한다. 그런가 하면 그레고르가 흉측한 벌레로 변신한 것을 알고 난 다음부터는 가족들은 여러 가지 부정적인 반응과 태도를 보인다.

먼저, 그들은 그를 기피한다. 가능한 한 방 밖으로 나오는 것을 막고, 그의 행동반경을 그의 방 안으로 제한하려 한다. 더 나아가 그들은 그레고르를 소홀히 한다. 예컨대 그의 식사를 맡고 있는 누이동생 그레테는 처음에는 혈육의 정으로 식사 시중을 하는 듯 보이나, 어느 정도 시간이 흐른 뒤엔 그에 대해 무관심하며 귀찮은 존재로 여긴다. 만든 지 오래된 음식을 가져다주는 것, 음식이 담긴 그릇을 더러운 걸레로 집어올리는 것, 그리고 음식물을 제때에 치우지 않고 방청소 또한 제대로 하지 않아 그 사이를 돌아다니는 그레고르가 등과 양옆구리에 머리카락과 온갖 음식물 찌꺼기를 붙이고 다니도록 그대로 방치하는 것이 그러하다.

이 점에서는 어머니의 태도 또한 누이와 크게 다르지 않다. 그녀는 처음에는 그레고르의 방 가구들을 치우는 것에 반대했으나, 이내 누이의 주장에 동조하여 소파를 제외한 모든 가구들을 치워버린다. 이는 그레고르에게는 지나온 삶에 대한 기억과 흔적을 지우는 일이 된다. 한 인간의 정체성이 기억과 흔적에 근거한다고 볼 때, 이들의 행위는 그의 정체성을 박탈하는 것이며, 다른 한편으론 그레고르의 인간으로서의 삶을 부정하는 것으로 그를 더 이상 인간존재로 인정하지 않는다는 뜻이기도 하다.

그레고르에 대한 가족들의 이러한 부정적인 태도는 마침내 그를 제거되어야 할 대상으로 간주하는 것으로까지 나아간다. 이를 가장 잘 보여주는 것이 아버지의 〈사과 던지기〉이다. 아버지는 방 밖으로 나온 그레고르를 향해 여러 개의 사과를 닥치는 대로 던지는데 그 중 하나가 그의 등에 깊이 박힌다. 그는 이 일로 엄청난 충격을 받을 뿐더러, 가족들의 최소한의 온정은커녕, 자신이 더 이상 한 인간으로서도 가족의 일원으로서도 받아들여지지 않는 것에 절망한다. 이 절망으로 그는 먹기를 거부하고 끝내 절명하고 만다.

그렇다면 그레고르를 기피하고 소홀히 하며, 더 나

아가 그의 존재를 부정하고 끝내는 폭력적으로 제거하려는 이 같은 가족들의 태도의 근본 원인은 무엇인가. 이 배제의 근본동인은 〈이윤추구〉와 더불어 또 하나의 자본주의 질서원칙인 〈유용성의 원리〉이다. 자본주의 사회에서는 인간관계를 형성함에 있어 가장 결정적인 기준은 유용성의 유무이다. 이는 가족구성원 간의 관계에서도 그대로 적용된다. 그레고르의 가족들이 그를 기피하고 소홀히 하는 것은 비단 그의 혐오스런 외양 때문만은 아니다. 그레고르의 변신은 곧 경제 활동의 중단을 뜻하며, 이는 그가 가족들에게는 이제 더 이상 금전적으로 도움이 되지 않는 존재로 전락했음을 의미한다. 자본주의 사회에서는 혈연만으로는 가족구성원으로서의 자격과 권한을 주장할 수 없다. 이를 결정하는 것은 가족에 대한 경제적인 기여의 유무이다. 그러므로 누구라도 금전적인 기여를 하지 못하게 되는 순간, 그는 가족으로부터 외면당하고 소외되는 것이다. 그레고르의 변신을 목격하기 전, 그가 방안으로부터 아직 나오지 않는 상황에서 가족들의 최대의 관심이 왜 그가 출근하지 않느냐에 있는 것도 따지고 보면 이러한 이유 때문이라 할 수 있다.

그런데 그레고르의 경제적 무능은 가족들에게 부담과 고통을 끼치며, 가족들의 이 부담과 고통은 역으로 그를 더욱더 외면하고 소외케 할 뿐더러 그들에게 그의 무용함을 더욱 철저히 인식케 하는 계기가 된다. 그의 변신이 지속되면서 이내 가족들은 경제적인 어려움에 처한다. 퇴직한 뒤로 언제나 한가하게 신문읽기와 낮잠으로 시간을 보내던 아버지, 오랫동안 천식으로 고생하던 어머니, 큰 걱정 없이 소녀답게 경쾌한 삶을 살아가던 누이동생은 이제 각자 생활비를 벌기 위해 일을 할 수밖에 없다. 회사의 급사 일을 맡은 아버지, 유행품 가게를 위해 속옷 바느질일을 하게 된 어머니, 그리고 상점 판매원이 된 누이동생은 고된 나날을 보낸다. 이 과정에서 그들이 일에서 오는 고통의 원인을 그레고르에게 전가하고 원망하는 것은 당연한 노릇일 것이며, 또한 그럴수록 그는 그들에게 더욱 무용한 존재가 될 수밖에 없을 것이다.

가족들의 경제적인 어려움은 급기야 하숙인들을 불러들이는 상황으로까지 내몬다. 이러한 경제적인 어려움이 가중될수록 그만큼 그레고르의 무용함은 더욱 명백해진다. 막상 그를 제거하려 하지만 당장 뚜렷한 해결책이 없는 상황에서 갖게 되는 심리적 부담감, 하숙인들에게 그레고르를 노출되지 않게 하려는 데서 오는 불안감, 그리고 하숙인들을 위해 누이동생의 방까지 내준 마당에 그레고르가 방 하나를 혼자 버젓이 차지하고 있는 상황이 합쳐져서 그의 무용함은 극에 달한다. 이는 누이동생의 "저것은 없어져야 해요. 그게 유일한 방책이에요 … 저 동물은 이렇게 우릴 못살게 굴고, 하숙인들을 내쫓으며, 집안을 온통 차지하고서는 우릴 골목에서 밤을 새우게 할 게 분명해요."라는 비정하고 폭력적인 발언으로 뒷받침된다.

이처럼 그는 가장 사랑하는 누이동생에게마저 완전하게 무익한 존재가 되고 있다. 이런 상황이라면 더 이상 삶을 계속하는 것은 의미가 없는 것이다. 그가 먹기를 거부하고 마침내 스스로 목숨을 끊기를 결심하는 것은 바로 이런 이유에서다. 그가 절명하는 순간을 묘사하는 "그는 감동과 사랑으로 그의 가족을 회상했다. 자기가 없어져야 한다는 것에 대한 그의 생각은 어쩌면 누이의 그것보다 더 단호한 것이었다 … 바깥의 창문 앞이 온통 밝아오기 시작하는 걸 몸으로 느꼈다. 그런 다음 그의 머리는 의지를 잃고 완전히 아래로 내려뜨려졌다. 그리고 콧구멍에서 그의 마지막 숨이 약하게 흘러나왔다."라는 대목에서 유용성의 원칙에 의해 희생되는 주인공 그레고르에 대한 작가의 연민이 드러나 있다. 그리고 동시에 자본주의 사회의 냉혹한 인간관계에 대한 냉소적 시각 또한 엿볼 수 있다.

『단식광대 Ein Hungerkünstler』는 1922년에 발표되었다. 이 작품은 예술가의 문제를 다루고 있다. 이 작품에서 작가는 단식광대를 예술가의 전형으로 등장시켜 이 문제를 명료하고 압축적으로 보여주고 있다.

한때 단식광대는 탁월한 단식 능력으로 도시 전체가 떠들썩할 만큼 인기를 누렸다. 모든 사람이 적어도 하루에 한번은 보려고 할 정도였다. 그러나 그는 이러한 환호에도 불구하고 불만에 차 있다. 그가 단식기간에 은밀한 방법이나 재간으로 뭔가를 먹을 거라고 의심하여 감시단까지 조직하여 그에게 붙여놓았기 때문이다. 하지만 그는 그 어떤 것도 먹지 않을 뿐더러 자신의 〈명예로운 예술〉이 이를 금지하고 있기에 그런 의심에 흥분하고 불쾌해한다. 그런데 그의 보다 본질적인 또 다른 불만은 단식을 자신이 원하는 만큼 하지 못한다는 것에 있다. 단식이 자신에겐 세상에서 가장 쉬운 일이어서 무제한으로 단식할 수 있으며, 따라서 지금까지 어느 누구도 달성하지 못한 최고의 단식 상태에 도달하여 모든 시대를 통틀어 가장 위대한 단식광대가 되는 명예를 얻고, 또 불가해할 정도로 단식 기록을 갱신할 수 있는데도 이를 허락지 않는다는 것이다.

단식광대의 이러한 불만과 욕망에도 불구하고 단식 기간은 40일로 정해져 있다. 그의 매니저의 조사에 따르면 40일 동안은 광고를 통해 관심을 고조시킬 수 있으나, 그 후엔 관람객이 현저하게 줄어들기 때문이라는 것이다. 단식광대는 어쩔 수 없이 이 규칙을 받아들이는 가운데 오랜 세월 세상의 영광과 존경을 받으며 지낸다. 하지만 그럼에도 그는 내내 우울에 잠겨 있다. 최고의 단식 상태에 도달해보려는 욕망이 언제나 그의 내면에 강하게 자리 잡고 있기 때문이다.

이런 가운데 격변이 일어난다. 세상이 다른 볼거리에 관심을 쏟게 된 것이다. 그 바람에 관람용 단식에 대한 거부감이 크게 확산되었고, 그 결과 단식의 인기는 완전히 식어 버렸다. 그런데 단식광대는 다른 직업을 갖는 것이 아니라, 오히려 단식에 더욱 더 몰두하려 한다. 그리하여 그는 자신의 〈예민함〉, 즉 예술적 감수성을 마음껏 발휘해도 된다는 것만을 염두에 두고 ― 이 때 그는 자신의 동반자였던 매니저를 해고한다 ― 그 어떤 다른 계약조건에는 개의치 않고서 대형 서커스단에 들어간다. 하지만 그는 자신의 기대와 예상과는 달리 구경꾼들로부터 극심하게 외면당한다. 사람들은 서커스의 동물 우리로 가는 도중에 그를 스쳐 지나가다가 잠시 보거나, 아니면 동물 우리로 가는 구경행렬이 잠시 정체될 때에 어쩔 수 없이 구경하는 것에 그친다. 그는 〈사소한 존재, 점점 사소한 존재〉가 되어 간다. 말하자면 그가 원하는 대로 단식하는 것이 허용되었으나, 정작 이 때에 그는 사람들로부터 소외되고 마는 것이다. 그럼에도 그는 단식의 길을 계속 걸어가려는 굳건한 신념을 보인다. 단식 이외엔 달리 할 수 있는 것이 없고, 무엇보다 지금까지 자신에게 〈맛있는 음식〉, 즉 단식의 최고 단계에서나 느낄 수 있는 지고의 희열감에는 아직 이르지 못했기 때문이다.

그러면 이 단식광대를 통해 작가가 말하고자 하는 것은 무엇인가. 예술이란 예술가에 의해 비로소 존재하는 것이지만, 수용자와 불가분의 관계에 있다. 수용이 전제되지 않는 예술이란 상상할 수 없기 때문이다. 또한 예술가는 그와 수용자 사이를 매개하는 〈제도〉 ― 작품에서는 매니저, 공연단체, 서커스단 등이 그것이며, 다른 예는 문학의 경우 대표적으로 출판사가 될 수 있다 ― 의 영향을 받지 않을 수 없다. 예술가는 어떤 방식으로든 이 양자와의 관계 속에서 예술 행위를 할 수밖에 없다는 것이다. 그러므로 예술가는 자신의 예술적 이상만을 고집한다는 것은 불가능하다. 때론 〈제도〉의 요구와 주문에 따라야 하고, 수용자의 기호나 구미에 맞는 예술을 내놓아야만 한다. 하지만 이는 자신이 상정하고 있는 순수한 예술적 목표를 포기치 않으려 하는 한, 예술가에겐 지극히 불만스러운 것이 된다. 자신의 내면에 깊이 자리하고 있는 예술적 욕망이 충족되지 않기 때문이다. 해소되지 않는 이 욕망으로 예술가는 ― 작품에서 단식광대가 오랫동안 세상의 영광과 존경을 받아 오면서도 항시 최고의 단식 상

태에 도달하려는 욕망으로 인해 극도로 괴로워하는 것
처럼 — 고통스러워 할 수밖에 없다.

그런가 하면 예술가의 고통은 수용자의 예술적 취
향의 급격한 변화에서도 비롯한다. 일종의 유행인 수
용자의 취향 변화는 예술가에겐 치명적이다. 수용자
가 선호하는 전혀 새로운 예술 분야를 개척해야 하지
만, 특별한 재능이 있지 않는 한 이것이 결코 용이치
않을뿐더러 그렇다고 다른 직업을 가질 수도 없기 때
문이다. 이런 고통스런 경우 예술가에 따라 다양한 선
택이 있겠으나, 적어도 작가 카프카가 생각하는 예술
가의 길은 자신의 예술을 마음껏 자유롭게 하는 것이
다. 단식광대가 자신의 〈예술적 감수성〉을 지켜나가
기 위해 어떤 계약 조건에도 개의치 않았듯이, 그런
방식으로 예술행위를 지속하는 것이다. 하지만 이 방
식은 자신이 원하는 예술을 자유롭게 할 수 있다는 점
에서 더없이 바람직 하지만, 그 시작에서부터 문제를
안고 있다. 이미 다른 예술 분야에로 쏠려 있는 수용
자의 관심이 당장은 되돌아올 가능성이 전무하다고
볼 때, 자신만의 예술을 고수하면 할수록 그만큼 더
수용자로부터 외면당할 것이며, 이로 인해 그의 예술행
위를 가능케 해주었던 〈제도〉의 지원마저도 중단될 것
이기 때문이다.

이렇게 보면, 예술가는 어떤 제약에도 불구하고 자

신이 세운 지고한 예술적 목표를 향해 나아가는 것, 아니면 이를 어느 정도 완화시켜 수용자와 제도의 요구에 맞게 예술 행위를 해 나가는 것 가운데 하나를 선택해야 한다. 달리 말하면 예술가는 자신의 삶에서 그 때그 때마다 이러한 선택은 불가피하기에 번민하고 고뇌할 수밖에 없다는 것이다. 문제는 전자를 선택할 경우일 것이다. 이는 종국적으로는 예술가에게 〈죽음〉을 가져온다는 점에서 치명적이다. 그럴 것이 그의 예술은 최고의 순수한 경지에 도달하겠지만, 이는 예술가가 세상으로부터 완전히 소외당하는 대가를 전제로 한 것이기 때문이다. 요컨대 예술이 순수하게 실현되는 순간 그 예술은 세상으로부터의 철저한 외면이라는 〈죽음〉에 이르게 되는 역설적인 상황을 피할 수 없다. 단식광대가 단식의 최고 단계에서 맛볼 수 있는, 자신에게만 〈맛있는 음식〉을 찾기 위해 최후까지 단식하는 가운데 죽어가는 것은 바로 이에 대한 비유인 것이다.

자신의 예술을 지켜나갈 것인가, 아니면 타협할 것인가는 모든 예술가의 영원한 딜레마이다. 카프카도 평생 이 선택 앞에서 고뇌하고 고통스러워 했을 것이다. 작품 끝부분의 단식광대에 대한 묘사인 "그(=단식광대)의 퀭한 두 눈에는 비록 더 이상은 자랑스러운 것은 아니라 해도, 계속하여 단식한다는 굳건한 신념이 들어 있었다."는 지극히 이상적인 예술가의 모습을 보여주고 있다. 카프카의 실제의 모습이 이것과 얼마나 닮아있는지는 확언할 수 없다. 하지만 단식광대는 그가 한번쯤은 꿈꾸어 보았던 예술가인 듯하며, 동시에 단식광대의 삶의 궤적은 예술가의 문제에 대한 그의 오랜 성찰에서 얻어낸 것으로 보인다. 이런 점에서 『단식광대』는 그런 성찰의 산물이자 카프카 자기 자신의 투영인 것이다.

| 지은이 | 프란츠 카프카(FRANZ KAFKA, 1883-1924)

체코 출신의 현대 작가이다. 그의 많은 작품들은 이미 세계적으로 널리 알려져 있으며, 이 가운데 다수는 최고 수준의 작품성으로 오래 전부터 정평을 얻고 있다. 대표적인 작품으로는 『성』, 『소송』, 『유형지에서』, 『심판』, 『변신』 등을 들 수 있다.

그의 작품들은 주로 현대인의 불안, 소외, 정체성, 소통부재를 중심 문제로 다루고 있다. 또한 현대사회가 안고 있는 여러 가지 모순과 부조리에 대해서도 독특한 시각에서 매우 예리하고도 설득력 있게 그려내고 있다.

| 옮긴이 | 김형국

서강대학교에서 독어독문학을 공부하였고, 「막스 프리쉬의 희곡에서의 시간의식에 관한 연구」로 박사학위를 받았으며, 지금은 전남대학교 독일언어문학과 교수로 있다.

막스 프리쉬와 하인리히 뵐에 관한 다수의 논문, 그리고 베르너 베르겐그륀과 막스 프리쉬의 여러 작품에 대한 번역서가 있다.

변신 · 단식광대

초판 인쇄   2016년 12월 19일
초판 발행   2016년 12월 26일

지 은 이 | 프란츠 카프카(FRANZ KAFKA)
옮 긴 이 | 김형국
펴 낸 이 | 김미화
펴 낸 곳 | 인터북스

주   소 | 서울시 은평구 대조동 221-4
전   화 | (02)353-9908   편집부(02)356-9903
팩   스 | (02)6959-8234
홈페이지 | http://hakgobang.co.kr/
전자우편 | interbooks@chol.com
등록번호 | 제311-2008-000040호.

ISBN   978-89-94138-49-7 03850

값 : 9,500원

이 도서의 국립중앙도서관 출판예정도서목록(CIP)은 서지정보유통지원시스템 홈페이
지(http://seoji.nl.go.kr)와 국가자료공동목록시스템(http://www.nl.go.kr/kolisnet)에서
이용하실 수 있습니다. (CIP제어번호 : CIP2016031307)